自·由·自·在·悠·遊·法·國·說·法·語

彩繪法語

dans votre sac, un guide illustré

附 MP3

杉山 貴美／ASAMI.C　著

張喬玟／陳琇琳　譯

●杉山 貴美（**KIMI**）

曾任設計公司品牌設計專員、
現為自由繪圖作家及設計師。
今後，期待以專業繪圖作家的
身分，活躍於各業界。

笛藤出版

法語音標 & 發音要訣

注意：

1. 法語中的外來語（如英文）會使用英語國際音標，如〔tʃ〕和〔dʒ〕，可以英語發音。
2. 「:」表示發音必須拉長。
3. 括號中的音標代表可以省略不發或是輕微發音。

元音（母音）	〔a〕	＊類似國語「啊」字的音，但法語中的〔a〕舌尖必須抵住下齒齦。
	〔ɑ〕	＊口腔張開度比〔a〕還大，平放的舌已往後縮。
	〔i〕	類似國語注音「ㄧ」。
	〔u〕	類似國語注音「ㄨ」。
	〔y〕	類似國語注音「ㄩ」。
	〔ɛ〕	雙唇呈橢圓形，口腔微開，類似國語注音「ㄝ」。
	〔e〕	口腔張開度較〔ɛ〕小，如微笑般嘴角向後拉，類似國語注音「ㄟ」。
	〔ø〕	嘴唇呈O型，但發出國語注音的「ㄜ」。
	〔œ〕	口腔張開度較〔ø〕大，發音較長。
	〔ə〕	發音類似〔œ〕，但嘴巴肌肉放鬆，音要短促。類似國語注音的「ㄜ」。
	〔ɔ〕	嘴巴微開，類似國語注音「ㄛ」。
	〔o〕	口腔張開度較〔ɔ〕小，類似國語注音「ㄡ」。

＊由於現代法國人也幾乎無法分辨〔ɑ〕和〔a〕這兩個音的不同，在口語法語中，將〔ɑ〕發成〔a〕也是可行的。為簡化讀者學習起見，本書中所有〔ɑ〕發音一律以〔a〕代替。

鼻化元音	〔ɑ̃〕	嘴型與〔ɑ〕相同，但發音時一部份氣流由鼻腔輸出。千萬不要發成國語注音「ㄤ」。
	〔ɛ̃〕	嘴型與〔ɛ〕相同，但發音時一部份氣流由鼻腔輸出。
	〔œ̃〕	嘴型與〔œ〕相同，但發音時一部份氣流由鼻腔輸出。
	〔ɔ̃〕	嘴型與〔ɔ〕相同，但發音時一部份氣流由鼻腔輸出。

半元音	〔j〕	兩段式發音：嘴型與發音首先與〔i〕相同，再很快地以〔ə〕作結束。
	〔ɥ〕	兩段式發音：嘴型與發音首先與〔y〕相同，再很快地以〔i〕作結束。
	〔w〕	嘴型與發音與〔u〕相似，但口腔張開度更小，氣流從雙唇中的小洞中輸出。

輔音（子音）	〔p〕	類似國語注音「ㄅ」。
	〔b〕	嘴型與發音法與〔p〕類似，但聲帶必須振動。
	〔t〕	類似國語注音「ㄉ」。
	〔d〕	嘴型與發音法與〔t〕類似，但聲帶必須振動。
	〔k〕	類似國語注音「ㄍ」。
	〔g〕	嘴型與發音法與〔k〕類似，但聲帶必須振動。
	〔m〕	類似國語注音「ㄇ」。
	〔n〕	類似國語注音的「ㄋ」。
	〔ɲ〕	類似國語注音的「ㄋㄧㄜ」，但發音要短促。
	〔s〕	類似國語注音「ㄙ」。
	〔z〕	嘴型與發音法與〔s〕類似，但聲帶必須振動。
	〔f〕	類似國語注音「ㄈ」，但發〔f〕音時嘴唇必須向內捲（牙齒輕咬下唇）。
	〔v〕	嘴型與發音法與〔f〕類似，但聲帶必須振動。
	〔ʃ〕	類似國語注音「ㄕ」，但發〔ʃ〕音時嘴唇必須呈圓型。
	〔ʒ〕	類似國語注音「ㄖ」。
	〔l〕	類似國語注音「ㄌ」。
	〔r〕	類似國語注音「ㄏ」，但發〔r〕音時，舌尖抵住下齒齦，舌後部則隆起，使氣流通過上顎的小舌，發出顫動音。可以喉間漱水方式做練習。

＊法語中，位於字尾的輔音一般說來並不發音。

Contents

PART 1......飛向法國─出發囉！　P7　◀) 01~05

抵達‧在機場‧在旅館‧在街上散步‧問路的方法‧巴士＆地下鐵的搭乘方法‧小旅行…等。

■ 機場抵達　P8~9

■ 交通 ／ 從機場到飯店　P10~11

■ 飯店 ／（旅館）入口＆櫃台　P13

■ 飯店 ／（旅館）房間內　P14~15

■ 飯店 ／（旅館）房間小物　P16~17

■ 飯店 ／（旅館）浴室小物　P18

■ 到街上逛逛吧！　P21

■ 巴士、地下鐵搭乘法　P22~23

■ 街道散步 ／ 會話篇　P24~25

■ 小旅行 ／ 去郊外走走吧！　P26~27

■ 鄉村小鎮小旅行／坎佩爾、檬桐市、科爾瑪　P28~31

PART 2......法國美食的誘惑　P33　◀) 06~16

一網打盡道地法國食材─料理‧飲料‧蔬果‧餐廳‧市場‧糕點‧乳酪‧酒類…等。

■ 水果　P34~36

■ 堅果類　P37

■ 蔬菜類　P38~41

■ 蘑菇類　P42

■ 肉類　P43

■ 海鮮類　P44~45

■ 麵包類　P46

■ 市場裡　P48~51

■ 家常餐廳內　P52

■ 乳酪店裡　P53

■ 糕點類　P54~55

■ 用餐 ／ 湯品類　P57

■ 用餐 ／ 午餐、前菜＆肉、魚類料理P58~59

■ 飲料　P60~61

■ 飲料 ／ 餐前酒　P62~63

■ 葡萄酒　P64~65

■ 到哪用餐…？

用餐 ／ 餐廳種類　P66~67

用餐 ／ 餐廳裡　P68~70

PART 3......盡享法國購物樂　P71　🔊 17~31

讓你眼花撩亂的購物天堂─流行女裝‧飾品‧鞋子‧內衣‧家具‧生活雜貨‧廚房小用品‧童裝‧紳士服‧花‧手工藝材料‧手工製品…等。

■ 到店內開始逛吧！　P72~74
■ 流行服飾／女裝　P75~79
■ 流行服飾／鞋子＆帽子、圍巾、領巾　P80~81
■ 流行服飾／襪子、傘、手套＆包包　P82~83
■ 流行服飾／眼鏡、手錶＆飾品　P84~85
■ 流行服飾／女性內衣　P86
■ 高級時裝店　P88~89
■ 嬰兒用品　P90~91　　　　　　　■ 手藝材料　P96~97
■ 兒童用品　P92~93　　　　　　　■ 手工精品　P98~99
■ 男裝　P94~95　　　　　　　　　■ 花店　P100~101

■ 生活‧傢飾
■ 傢俱＆傢飾品　P102~105　　　　■ 文具　P114~115
■ 生活雜貨　P106~109　　　　　　■ 書店＆唱片行　P116~117
■ 廚房用具　P110~111　　　　　　■ 運動器材店　P118~119
■ 家電用品＆清掃用具　P112~113　■ 美髮＆美甲＆護膚　P120~121

PART 4......法國救急資訊站　P123　🔊 32~38

提供法國當地實用便利資訊─藥品‧時間‧季節‧貨幣‧購票‧數字‧生病時…等。

■ 藥局‧藥妝店　P124~125
■ 身體＆藥局實用句　P126~127
■ 時間　P128~129
■ 月曆＆四季　P130~131
■ 天氣＆數字　P132~133
■ 貨幣、郵局＆購票　P134~135
■ 相片沖洗＆公共廁所、如何打電話　P136~137
■ 急救、生病、意外狀況＆應急必學會話　P138~140

dans votre sac, un guide illustré

去法國旅遊時，隨身帶上這一本……

　　本書是針對即將到法國旅遊的人所編寫。希望讀者能於旅途中多加活用本書。書中插圖皆附法文，單字部份則加附音標及英文說法。許多人認為"法文發音好困難……"尤其是一開始對於發音完全摸不著頭緒時，這時插圖便可以發揮它的功能了。只要將插圖指給對方看，對方一定能夠了解。

　　書中並沒有太多會話型式的法文。不過，我們會介紹一些發生狀況時所必備的救急會話短句。相信跟一般法文會話書有很大不同。您可以在書中發現一直以來想買的生活雜貨、廚房小用品、甚至衣服、配飾…等時尚流行語彙＆插圖，需要時常接觸法國時尚流行的人，絕對不能錯過本書！另外，書中插圖也根據法國當地街景建築特色、鄉村風景、標誌、特有食物…等，以繽紛多彩的插圖忠實呈現，讓你不用去法國也能先在書中體驗迷人的法國風情哦！

　　您可以搭配本書所附之MP3跟著開口覆誦練習，先習慣法文的語感，如此到法國時很快便能排除陌生感融入其中。在法國與當地人溝通時，希望您能多多利用本書，自由自在地悠遊法國說法語，留下更多與當地人互動的美麗回憶！

Bon voyage! 一路順風！

※法文的單字前面必須加上定冠詞。
定冠詞：置於名詞前方。指特定的東西，也就是在對話中曾出現過的東西，必須於前方加定冠詞。
le＋陽性名詞單數形
la＋陰性名詞單數形
les＋陽性、陰性名詞複數形
※也有加不定冠詞的用法

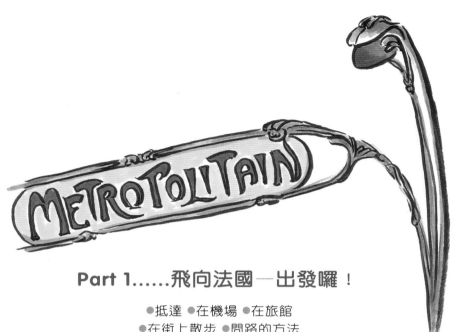

Part 1......飛向法國—出發囉！

●抵達 ●在機場 ●在旅館
●在街上散步 ●問路的方法
●巴士＆地下鐵的搭乘方法 ●小旅行…等。

A l'aéroport 〔a laerɔpɔːr〕
機場內

CONTRÔLE de PASSEPORTS

Contrôle des passeports
護照檢查〔kɔ̃trɔːl de paspɔːr〕

巴黎有2座國際機場：

1.Aéroport Charles de Gaulle
〔aerɔpɔːr ʃarl d(ə) goːl〕戴高樂機場
由於戴高樂機場位於華西（Roissy），因此在巴黎通常被
稱為「華西機場」。

2.Aéroport d'Orly〔aerɔpɔːr dɔrli〕奧里機場
位於市區南方14KM。從機場到市區可搭計程車、地鐵或
巴士。

CARTE de DÉBARQUEMENT
入境許可證
姓名
出生年月日
出生地
國籍
職業（學生 Student 公司職員 Office Clerk
家庭主婦 Housewife 已退休者 Retired）
地址（現居地址）
搭乘地（中正國際機場 C.K.S. Interna-
tional Airport）

■從歐洲聯盟國轉機到法國時，在轉機地的機
場會進行入境審查，因此不需填法國的入境許
可證。

LIVRAISON des BAGAGES

Livraison des bagages 〔livrɛzɔ̃ de bagaːʒ〕
行李提領處

●我找不到我的行李。
Je n'arrive pas à trouver mes bagages.

■遺失行李、或行李破損時，可到失物招領處
(Lost Baggage) 的櫃台詢問。

●請問有人會說中文嗎？
Est-ce qu'il y a quelqu'un qui parle mandarin?

Contrôle des bagages 〔kɔ̃tro:l de baga:ʒ〕
行李檢查

●這是我的行李。
C'est mon bagage.

SORTIE 〔sɔrti〕
出口／exit

●計程車招呼站（公車站、地鐵站）在哪裡？
Où est la station de taxis (bus, métro)?

●我在這邊轉機。
Je fais escale ici.

Bureau de change 〔byro d(ə) ʃɑ̃:ʒ〕
匯幣兌換處

●匯幣兌換處在哪裡？
Où est le bureau de change?

●請您幫我兌換錢好嗎？
Pouvez-vous me faire de la monnaie, s'il vous plaît?

la station de métro
〔la stasjɔ̃ d(ə) metro〕
地鐵站／metro station

la station de taxis
〔la stasjɔ̃ d(ə) taksi〕
計程車招呼站／taxi stand

la station de bus
〔la stasjɔ̃ d(ə) bys〕
公車站／bus stop

9

la station de bus 〔la stasjɔ̃ d(ə) bys〕
公車站／ bus stop

● 請問公車票要到哪裡買？
Où est-ce qu'on achète les tickets d'autobus?

● 請問這班公車往○○嗎？
Est-ce que ce bus va à ○○?

● 到艾菲爾鐵塔該在哪邊下車？
Où est-ce que je dois descendre pour aller à la Tour Eiffel?

la station de taxis 〔la stasjɔ̃ d(ə) taksi〕
計程車招呼站／ taxi stand

● 麻煩到○○區的▲▲旅館。
L'hôtel ▲ ▲ dans le quartier de ○○, s'il vous plaît.

● 多少錢？
Ça fait combien?

● 請您載我到這個地址。
Conduisez-moi à cette adresse, s'il vous plaît.

● 我要到～去。
Je voudrais aller à~
〔ʒə vudrɛzale a〕

● 大概多少錢？
Ça fera à peu près combien?

● 我要搭乘～。
Je voudrais prendre~
〔ʒə vudrɛ prɑ̃:dr〕

● 大概○○歐元。
Ça coûtera environ ○○ euros.

●地鐵站在哪裡？
Où est la station de métro?

●我們要搭哪一線、往哪一個方向的車呢？
Quelle ligne et quelle direction est-ce qu'on prend?

●請問我該在哪一站下車？
A quelle station est-ce que je dois descendre?

11

🔊 02
A l'hôtel 〔a lotɛl〕
旅館內

l'ascenseur 〔lasɑ̃sœːr〕
電梯／elevator

l'escalier 〔lɛskalje〕
樓梯／stairs

la réceptionniste 〔la resɛpsjɔnist〕
接待員／receptionist

le stylo à bille 〔lə stilo a bij〕
原子筆／ballpoint (pen)

l'entrée 〔lɑ̃tre〕
入口／entrance

le portier 〔lə pɔrtje〕
看門員／doorman

le concierge 〔lə kɔ̃sjɛrʒ〕
旅館服務臺職員／concierge

le plan 〔lə plɑ̃〕
地圖／map

la formule 〔lə fɔrmyl〕
表格／form

la clef, clé 〔la kle〕
鑰匙／key

la conciergerie 〔la kɔ̃sjɛrʒəri〕
旅館服務臺／concierge service

13

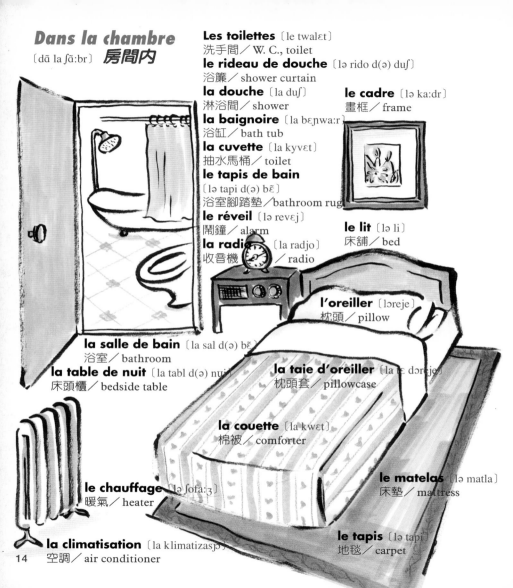

Dans la chambre
〔dɑ̃ la ʃɑ̃:br〕
房間內

Les toilettes 〔le twalɛt〕
洗手間／W. C., toilet

le rideau de douche 〔lə rido d(ə) duʃ〕
浴簾／shower curtain

la douche 〔la duʃ〕
淋浴間／shower

la baignoire 〔la bɛɲwa:r〕
浴缸／bath tub

la cuvette 〔la kyvɛt〕
抽水馬桶／toilet

le tapis de bain
〔lə tapi d(ə) bɛ̃〕
浴室腳踏墊／bathroom rug

le réveil 〔lə revɛj〕
鬧鐘／alarm

la radio 〔la radjo〕
收音機／radio

le cadre 〔lə ka:dr〕
畫框／frame

le lit 〔lə li〕
床舖／bed

l'oreiller 〔lɔreje〕
枕頭／pillow

la salle de bain 〔la sal d(ə) bɛ̃〕
浴室／bathroom

la table de nuit 〔la tabl d(ə) nɥi〕
床頭櫃／bedside table

la taie d'oreiller 〔la tɛ dɔreje〕
枕頭套／pillowcase

la couette 〔la kwɛt〕
棉被／comforter

le chauffage 〔lə ʃofa:ʒ〕
暖氣／heater

le matelas 〔lə matla〕
床墊／mattress

la climatisation 〔la klimatizasjɔ̃〕
空調／air conditioner

le tapis 〔lə tapi〕
地毯／carpet

14

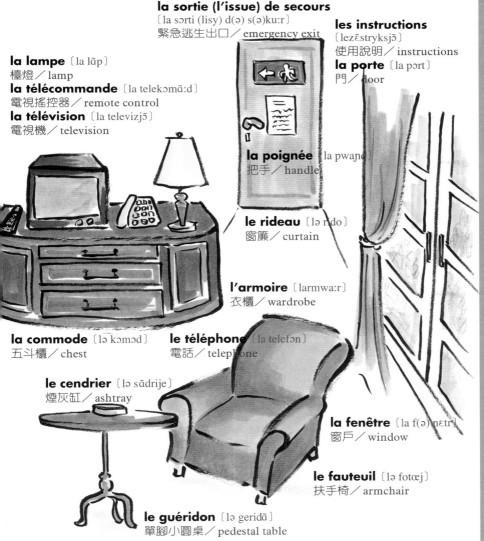

la sortie (l'issue) de secours
〔la sɔrti (lisy) d(ə) s(ə)ku:r〕
緊急逃生出口／emergency exit

les instructions
〔lezɛ̃stryksjɔ̃〕
使用說明／instructions

la porte 〔la pɔrt〕
門／door

la lampe 〔la lɑ̃p〕
檯燈／lamp

la télécommande 〔la telekɔmɑ̃:d〕
電視搖控器／remote control

la télévision 〔la televizjɔ̃〕
電視機／television

la poignée 〔la pwaɲe〕
把手／handle

le rideau 〔lə rido〕
窗簾／curtain

l'armoire 〔larmwa:r〕
衣櫃／wardrobe

la commode 〔lə kɔmɔd〕
五斗櫃／chest

le téléphone 〔la telefɔn〕
電話／telephone

le cendrier 〔lə sɑ̃drije〕
煙灰缸／ashtray

la fenêtre 〔la f(ə)nɛtr〕
窗戶／window

le fauteuil 〔lə fotœj〕
扶手椅／armchair

le guéridon 〔lə geridɑ̃〕
單腳小圓桌／pedestal table

la couverture〔la kuvɛrty:r〕
毛毯／blanket

le verre 〔lə vɛ:r〕
玻璃杯／glass

la bouteille d'eau minérale
〔la butɛj do mineral〕
瓶裝礦泉水／bottled water

le drap 〔lə dra〕
床單／bedsheet

les glaçons 〔le glasɔ̃〕
冰塊／ice cube

le linge 〔lə lɛ̃:ʒ〕
待洗衣物／laundry

la pince à glaçon
〔la pɛ̃:s a glasɔ̃〕
冰塊夾／tongs

le cintre 〔lə sɛ̃:tr〕
衣架／hanger

le repassage 〔lə r(ə)pasa:ʒ〕
燙衣服／ironing

la prise 〔la pri:z〕
插頭／plug

le transformateur
〔lə trɑ̃sfɔrmatœ:r〕
變壓器／converter

le fer à repasser
〔lə fɛ:r a r(ə)pase〕
熨斗／iron

l'adaptateur 〔ladaptatœ:r〕
轉接插頭／adapter

16

● 我們要在哪裡吃早餐呢？
Où est-ce qu'on prend le petit-dèjeuner?

● 我需要客房服務。
Un service en chambre, s'il vous plaît.

le service en chambre 〔lə sɛrvis ɑ̃ ʃɑ̃:br〕
客房服務／room service

le complet 〔lə kɔ̃plɛ〕
（含麵包、奶油、果醬等的）
一客早餐／continental breakfast

■ 沒有熱水。
Il n'y a pas d'eau chaude.

■ 空調故障了。
La climatisation ne marche pas.

■ 沒有衛生紙了。
Il n'y a pas de papier toilette.

la salle à manger 〔la sala mɑ̃ʒe〕
餐廳／dining room

● 請問有報紙嗎？
Est-ce qu'il y a des journaux?

le petit-déjeuner
〔lə p(ə)tideʒœne〕
早餐／breakfast

17

la serviette de bain 〔la sɛrvjɛt d(ə)bɛ̃〕
浴巾／bath towel

le séchoir 〔lə seʃwa:r〕
吹風機／dryer

la serviette-éponge
〔la sɛrvjɛtepɔ̃:ʒ〕
毛巾／towel

le miroir 〔lə mirwa:r〕
鏡子／mirror

le lavabo 〔lə lavabo〕
洗手檯／basin

le kleenex 〔lə klinɛks〕
面紙／Kleenex, tissue

le robinet
〔lə rɔbinɛ〕
水龍頭／tap, faucet

le savon 〔l savɔ̃〕
肥皂／soap

le peignoir 〔lə pɛɲwa:r〕
浴袍／bathrobe

le shampooing 〔lə ʃɑ̃pwɛ̃〕
洗髮乳／shampoo

l'aprés-shampooings
〔lap lə ʃɑ̃pwɛ̃〕
潤髮乳／conditioner

le dentifrice 〔lə dɑ̃tifris〕
牙膏／toothpaste

la brosse à dents 〔la brɔs a dɑ̃〕
牙刷／toothbrush

le rasoir 〔lə razwa:r〕
刮鬍刀／razor

les chaussons 〔le ʃosɔ̃〕
拖鞋／slippers

le papier toilette 〔lə papje twalɛt〕
衛生紙／toilet paper

le coton-tige 〔lə kɔtɔ̃ ti:ʒ〕
棉花棒／Q-tip, cotton swab

18

Notebook

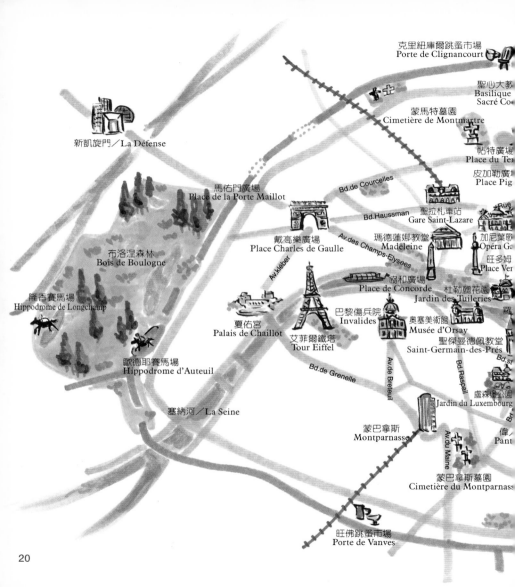

克里紐庫爾跳蚤市場
Porte de Clignancourt

聖心大教
Basilique
Sacré Co

蒙馬特墓園
Cimetière de Montmartre

帖特廣場
Place du Te

皮加勒廣
Place Pig

新凱旋門／La Défense

馬佑門廣場
Place de la Porte Maillot

Bd.de Courcelles

Bd.Haussman

聖拉札車站
Gare Saint-Lazare

Rue

戴高樂廣場
Place Charles de Gaulle

Av.des Champs-Elysees

瑪德蓮娜教堂
Madeleine

加尼葉歌
Opéra G

布洛涅森林
Bois de Boulogne

Av.Kleber

旺多姆
Place Ver

協和廣場
Place de Concorde

杜勒麗花園
Jardin des Tuileries

隆香賽馬場
Hippodrome de Longchamp

夏佑宮
Palais de Chaillot

巴黎傷兵院
Invalides

奧塞美術館
Musée d'Orsay

聖傑曼德佩教堂
Saint-Germain-des-Prés

Bd.st

艾菲爾鐵塔
Tour Eiffel

歐德耶賽馬場
Hippodrome d'Auteuil

Bd.de Grenelle

Av.de Breteuil

Bd.Raspail

盧森堡公園
Jardin du Luxembourg

Br

塞納河／La Seine

蒙巴拿斯
Montparnasse

Av.du Maine

偉
Pant

蒙巴拿斯墓園
Cimetière du Montparnass

旺佛跳蚤市場
Porte de Vanves

20

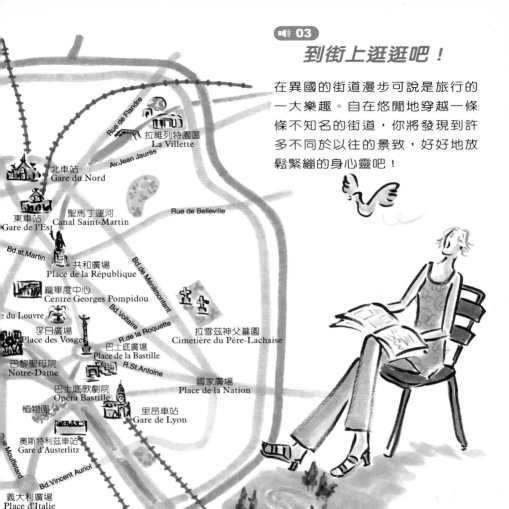

到街上逛逛吧！

在異國的街道漫步可說是旅行的一大樂趣。自在悠閒地穿越一條條不知名的街道，你將發現到許多不同於以往的景致，好好地放鬆緊繃的身心靈吧！

Rue de Flandre

拉維列特園區
La Villette

Av.Jean Jaurès

北車站
Gare du Nord

Rue de Belleville

東車站
Gare de l'Est

聖馬丁運河
Canal Saint-Martin

Bd.st.Martin

Bd.de Ménilmontant

共和廣場
Place de la République

龐畢度中心
Centre Georges Pompidou

Bd.Voltaire

e du Louvre

孚日廣場
Place des Vosges

R.de la Roquette

拉雪茲神父墓園
Cimetière du Pére-Lachaise

巴士底廣場
Place de la Bastille

巴黎聖母院
Notre-Dame

R.St.Antoine

國家廣場
Place de la Nation

巴士底歌劇院
Opéra Bastille

植物園

里昂車站
Gare de Lyon

奧斯特利茲車站
Gare d'Austerlitz

e Mouffetard

Bd.Vincent Auriol

義大利廣場
Place d'Italie

凡森森林
Bois de Vincennes

21

Métro 地下鐵乘坐方法

最常見的地鐵標誌為黃色的M標誌。

地鐵有各種不同的標誌。

●巴黎地鐵的首班車為早上5點30分左右,末班車則為深夜0點30分左右。

●自動售票機:一邊看著畫面一邊轉動中間的滾筒選單,選好目的地車站,接著按右下角的綠色按鈕確認。若欲修改則必須按左側的紅色按鈕。最先出現在畫面上的是選擇車票的數量,再來是車票的種類 (1次票、套票等)。畫面會顯示票價,依金額投入即可。

Carnet 〔karnɛ〕套票

Carte orange hebdomadaire 〔kartorɑ̃:ʒ ɛbdomadɛ:r〕一週用橘卡

Le carnet 〔lə karnɛ〕套票

進入車站內,請記住自己所搭乘的路線的終點站名。確認自己所搭乘的 **Direction** 〔dirɛksjɔ̃〕(方向)及終點站名無誤再上車。

Carte orange 〔kartorɑ̃:ʒ〕橘卡

↓ 下車後,依 *Sortie* 的指示找出口。

Sortie↓

●若欲轉搭其他線路,則必須依照 **Correspondance** 〔korɛspɔ̃dɑ̃s〕(轉乘)的指示前進,找到欲搭乘的線路並確認電車行走的方向,再走出月台。

M ① DIRECTION La Défense

22

在異國的街道上自在悠閒地散步，可說是旅行的一大樂趣。走著走著，走進自己喜歡的店家或是小公園、或到咖啡座歇歇腳、觀察當地的人們……可說是樂趣無窮。地鐵及巴士是在市區活動最方便的交通工具，準備好了嗎？一起出發吧！

Autobus
公車乘坐方法

l'arrêt d'autobus〔larɛ dɔtobys〕
公車停靠站／bus stop

候車亭分為有屋頂和只樹立站牌兩種型式。

↓下圖為巴士停靠的路線號碼。確認自己欲搭的巴士後再選擇候車亭。

候車亭上有巴士的路線圖，確認好自己要搭的巴士。巴士車票與地鐵票是共通的。

●*巴黎的路線巴士是由前門上車，後門下車，由一位司機服務。*

●*如果等待的是有複數路線的候車亭，欲搭的巴士駛來時必須招手示意。*

■車票與票價
可使用與地鐵相同的票。如果在巴黎市區內活動的話，只要1張票就可以去任何地方。若沒有票也可以向司機購買。

●*注意！＊到站之前，請記得按防色按鈕。*

●*注意！＊記得車票要放入匣票機。*

Validez ici
les billets ↓
un par un

請在此一一插入票卡

ARRET DEMANDE

巴士內沒有廣播，因此請務必確認目的地的站名。下一站要到站了，記得按下車鈴。**Arrêt demandé**（下一站下車之意）的燈亮了就表示OK，司機會準備停車。

↑上了車之後，記得將車票放入匣票機內。將車票插入右下方插入口，會有"喀鏘"的蓋印聲。請特別留意，如果被發現沒有將票放入匣票機，是會被罰款的。如果買的是全日、週票或月票則不用匣票，只要出示給司機看就好了。

23

Où suis-je?
這裡是哪裡？

tout droit 〔tu drwa〕
直走／go straight

à gauche 〔a go:ʃ〕
左邊／left

à droite 〔a drwa:t〕
右邊／right

ici 〔isi〕
這裡／here

là 〔la〕
那裡／there

les panneaux 〔le pano〕
路標／guidepost

le carrefour 〔lə karfu:r〕
十字路口／crossroad

loin 〔lwɛ̃〕　　　**proche** 〔prɔʃ〕
遠／far　　　　　近／near

●里昂車站怎麼走？
La gare de Lyon, comment peut-on y aller?

●請問有可讓我作為標地的建築物嗎？
Est-ce qu'il y a des bâtiments qui peuvent me servir de repères?

●從這裡過去要花多少時間呢？
D'ici, combien de temps faut-il pour y aller?

●地鐵站在哪裡？
Où est la station de métro?

●公車停靠站在哪裡？
Où est l'arrêt de bus?

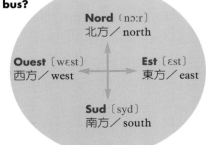

Nord 〔nɔ:r〕
北方／north

Ouest 〔wɛst〕　　　**Est** 〔ɛst〕
西方／west　　　　　東方／east

Sud 〔syd〕
南方／south

les feux 〔le fø〕
紅綠燈／traffic lights

Je me suis perdu(e).
我迷路了。

● 看板名稱

■ **TABAC** 〔taba〕
香煙販賣／tobacco
以Bar-tabac為主流，是兼
售香煙和咖啡的酒吧。

■ **LA POSTE** 〔la pɔst〕
郵局／post office
寫在郵局的看板上。郵局是一
隻燕子的標誌。

■ **PRESSE** 〔prɛs〕
書報雜誌店／
news stand
羽毛筆的上面寫著
PRESSE的看板，
這是書報攤的標
誌。

● 請問到歌劇院去，我走的方向對嗎？
Pour aller à l'Opéra, est-ce que je suis sur la bonne route?

● 朝這條路直直走，在第二個紅綠燈右轉（左轉）。
Suivez cette rue tout droit et tournez à droite (à gauche) au deuxième feu.

● 請問我該向右轉（向左轉）嗎？
Est-ce que je tourne à droite (à gauche)?

● 請問我們可以步行過去嗎？
Est-ce qu'on peut y aller à pied?

● 步行到那兒要花多少時間呢？
Combien de temps faut-il pour y aller à pied?

● 您覺得搭計程車會不會比較好？
À votre avis, est-ce qu'il vaut mieux prendre un taxi?

● 是的，我建議您這麼做。
Oui, je vous le conseille.

● 不用，因為並不遠。
Non, ce n'est pas loin.

到鄉村的教堂走走

在幽靜的樹林裡作森林浴

un bois

un bois 〔œ̃ bwa〕
樹林，森林／woods, forest

une église

une église 〔ynegli:z〕
教堂／church

探訪有運河的小鎮

un canal

un canal 〔œ̃ kanal〕
運河／canal

J'ai visité~ 〔ʒɛ vizite〕
我參觀過 ~ 了。

Je voudrais aller à ~ 〔ʒə vudrɛz ale a〕
我要到 ~ 去。

un vignoble 〔œ̃ viɲɔbl〕
葡萄園／vineyard

un vignoble

到釀酒廠參觀品酒

26

小旅行.....

找一處風景優美的郊外，計劃一個小旅行吧！您一定會有令人期待的新發現……。

un lac〔œ̃ lak〕
湖泊／lake

在湖邊的城堡渡過悠閒的一日。

une plage〔yn pla:ʒ〕
沙灘／beach

夏天可享受一整天的海水浴。

●每天在市區街上走可能會感到無聊，找一天到郊外走走如何？它將帶給您與都市截然不同的感受！
回到旅館，找出書中想去的地點，指著圖，試著用法文問「**Je voudrais aller à ~**」，您將會有個令人期待的絕妙旅行經驗。

在歐洲第一次住帳篷。

un camping〔œ̃ kɑ̃piŋ〕
野營，營區／camping,
campsite

un port〔œ̃ pɔ:r〕
海港／port

在海港都市飽嚐一頓時今海鮮。

27

Café time ~
要不要來趟鄉村小鎮之旅呢？

C'est combien?
多少錢？

布列塔尼地區 (Bretagne)
Quimper 〔kɛpɛːr〕
坎佩爾

FRANCE
ドイツ
PARIS
スイス
イタリア
スペイン

AB
HENRIOT

CREPRIE
su salle

造型胖而圓
的坎佩爾陶
器，令人愛
不釋手！

蘋果酒杯

Pourriez-vous me montrer ça, s'il vous plaît?
請您拿這個給我看看好嗎？

布列塔尼地
區的奶油非常美
味，因此當地的糕點
也大量使用奶油製作。

● 請給我一張到坎佩爾的二等廂車票。

Un billet pour Quimper en seconde, s'il vous plaît.

在布列塔尼的小村莊盡興地玩樂——規劃屬於自己的小旅行。

用蕎麥粉做的可麗餅是布列塔尼的名產。加了雞蛋、乳酪與火腿的可麗餅與廣島燒有幾分類似。

La crêpe 〔la krεp〕
可麗餅／crepe

在歐洲街道漫步的樂趣之一，就是欣賞各式各樣獨貝特色的看板。

從巴黎搭乘直達的 TGV（高速子彈列車），大約 4 小時可抵達坎佩爾這個城鎮，您可以在此地規劃一場小小的旅行。這裡最著名的就是它的陶藝，此地製作出來的陶瓷器被稱為坎佩爾燒。大都是以黃色花與藍色海做為基本色調的簡樸圖案，如動物或穿著民族服裝的人們、花朵、玩偶…等溫馨的圖案。

日本雖然也有進口，不過價格卻不便宜。在這裡您也許會看到當地打折的商品。如果時間充裕的話，建議您一定要來此地逛逛！

● 坎佩爾
※ 從巴黎·
蒙巴拿斯車站搭
乘直達 TGV（高速子彈列車）大約 4 小時可抵達。

Menton & Colmar

〔mɑ̃tɔ̃ e kɔlma:r〕

檬桐與科爾瑪

PARIS

檸檬嘉年華

到小村莊與當地居民交流
·············· 檬桐市

Socca 埃及豆粉
尼斯索卡豆粉餅 鹽
橄欖油

附近的慕將村（Mougins），以美食著稱。此地的手工派堪稱一絕。

檬桐市盛產豐富的水果，每年2月舉辦檸檬嘉年華，相當有名。

citron TORAN

檬桐市是位於法國與義大利邊境的城鎮。此地有許多充滿古意的建築物與小漁村。西邊有許多現代化的渡假盛地，從主要街道的太陽廣場向東邊走，可走到以古城改建的Jean Cocteau美術館前。對於Cocteau迷來說是一個相當令人雀躍的城鎮。從蔚藍海岸往南70公里、位於瑞士的巴塞爾附近的科爾瑪，是亞爾薩斯酒的中心地。

MUSEE
JEAN COCTEAU

●尼斯※鐵路／從巴黎‧里昂車站搭 TGV 南東線約5小時33分鐘可抵達→檬桐市／從尼斯塔火車約35分鐘可抵達。

酒莊街道‧‧‧‧‧‧‧‧‧‧科爾瑪

亞爾薩斯地區約有
150座的酒莊。喜
歡酒類的朋友千萬
不能錯過,此地的
白酒相當著名。

醃菜醃肉
(choucroute)

加入洋蔥、培根及鮮
奶油等材料的鹹派
(tarte flambée)

亞爾薩斯菜
受德國的影
響極深。

沿著酒莊街
道,可看到圍繞
著葡萄田散布著
許多小村莊,村莊的人
們都非常親切和藹。

這班火車往哪裡去?
Où va ce train?

請問這班火車停靠科爾瑪嗎?
Est-ce que ce train s'arrête à Colmar?

應該在哪裡換車呢?
Où faut-il changer?

我忘記下車了。
J'ai oublié de descendre.

ANGERIE PATISSERIE

Romantik
Restaurant II

咕咕羅夫
(kouglof/kugelhof)
亞爾薩斯著名的一種鐘型蛋糕

●科爾瑪×鐵路/從巴黎東車站到史特拉斯堡換車,所需時間約為4小時~5小時30分鐘。

Saumon mariné
au Caviar
魚子醬醃鮭魚

Part 2......法國美食的誘惑

一網打盡道地法國食材—
●料理 ●飲料 ●蔬果 ●餐廳 ●市場
●糕點 ●乳酪 ●酒類…等。

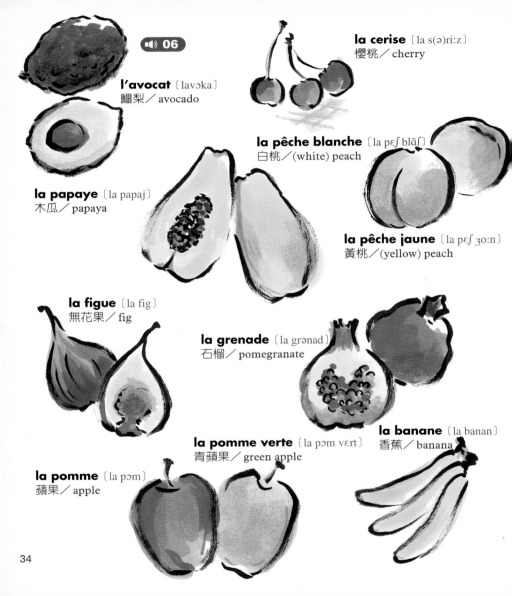

l'avocat 〔lavɔka〕
鱷梨／avocado

la papaye 〔la papaj〕
木瓜／papaya

la cerise 〔la s(ə)ri:z〕
櫻桃／cherry

la pêche blanche 〔la pɛʃ blɑ̃ʃ〕
白桃／(white) peach

la pêche jaune 〔la pɛʃ ʒoːn〕
黃桃／(yellow) peach

la figue 〔la fig〕
無花果／fig

la grenade 〔la grənad〕
石榴／pomegranate

la banane 〔la banan〕
香蕉／banana

la pomme verte 〔la pɔm vɛrt〕
青蘋果／green apple

la pomme 〔la pɔm〕
蘋果／apple

la fraise 〔la frɛ:z〕
草莓／strawberry

la quetsche 〔la kwɛtʃ〕
（體型稍大）李子／damson

les fruits 〔le frɥi〕
水果類

la pastèque 〔la pastɛk〕
西瓜／watermelon

le melon 〔lə m(ə)lɔ̃〕
甜瓜，哈密瓜／melon

la poire 〔la pwa:r〕
梨子／pear

Est-ce qu'on peut goûter ça?
請問這個可以試吃嗎？

l'abricot 〔labriko〕
杏桃／apricot

l'ananas 〔lananas〕
鳳梨／pineapple

35

le citron vert 〔lə sitrɔ̃ vɛːr〕
萊姆／lime

le raisin 〔lə rɛzɛ̃〕
葡萄／grape

le pamplemousse 〔lə pãpləmus〕
葡萄柚／grapefruit

le citron 〔lə sitrɔ̃〕
檸檬／lemon

l'orange 〔lɔrãːʒ〕
柳橙／orange

la myrtille 〔la mirtil〕
藍莓／blueberry

la prune 〔la pryn〕
李子／plum

le cassis 〔lə kasis〕
黑醋栗／blackcurrant

les airelles rouges
〔lezɛrɛl ruːʒ〕
山桑子，越橘／
bilberry

la framboise
〔la frãbwaːz〕
覆盆子／raspberry

le kiwi 〔lə kiwi〕
奇異果／kiwi

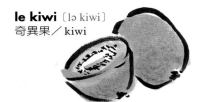

la pistache 〔la pistaʃ〕
開心果／pistachio

la noisette 〔la nwazɛt〕
榛果／hazelnut

les fruits 〔le frɥi〕
果實類

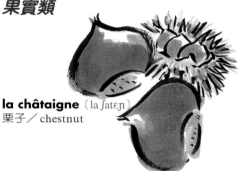

la châtaigne 〔la ʃatɛɲ〕
栗子／chestnut

le pruneau 〔lə pryno〕
李子乾／prune

la groseille 〔la grozɛj〕
紅醋栗／redcurrant

la mûre 〔la my:r〕
桑椹／mulberry

la noix 〔la nwa〕
胡桃／walnut

la noix de coco 〔la nwa d(ə) koko〕
椰子／coconut

● 請給我四百克的櫻桃和一盒草莓。
**Quatre cents grammes de cerises et
un paquet de fraises, s'il vous plaît.**

37

le piment〔lə pimɑ̃〕
辣椒／chili

l'ail〔laj〕
大蒜／garlic

le gingembre
〔lə ʒɛ̃ʒɑ̃:br〕
薑／ginger

l'oignon〔lɔɲɔ̃〕
洋蔥／onion

l'échalote〔leʃalɔt〕
紅蔥頭／shallot

l'endive〔lɑ̃di:v〕
菊苣／chicory

le chou rouge〔lə ʃu ru:ʒ〕
紫甘藍菜／red cabbage

le poireau
〔lə pwaro〕
韮蔥／leek

le chou de Bruxelles〔lə ʃu d(ə) brysɛl〕
球芽甘藍／Brussels sprout

le chou〔lə ʃu〕
甘藍菜／cabbage

la pomme de terre
〔la pɔm d(ə) tɛ:r〕
馬鈴薯／potato

la patate douce
〔la patat dus〕
甘薯／sweet potato

les épinards
〔lezepina:r〕
菠菜／spinach

38

les légumes 〔le legym〕
蔬菜類

● 請給我兩顆蕃茄和三顆青椒。
Deux tomates et trois poivrons, s'il vous plaît.

La salade 〔la salad〕
生菜沙拉／green salad

la tomate 〔la tɔmat〕
蕃茄／tomato

la frisée 〔la frize〕
皺葉甘藍菜，羽衣甘藍／kale

le concombre 〔lə kɔ̃kɔ̃:br〕
小黃瓜／cucumber

l'aubergine 〔lobɛrʒin〕
茄子／eggplant

le poivron jaune 〔lə pwavrɔ̃ ʒo:n〕
（黃）甜椒／yellow pepper

le poivron orange
〔lə pwavrɔ̃ ɔrɑ̃:ʒ〕
（橘）甜椒／orange pepper

le poivron vert
〔lə pwavrɔ̃ vɛ:r〕
青椒／green pepper

la batavia 〔la batavia〕
巴達維亞生菜／Batavia
lettuce

le poivron rouge 〔lə pwavrɔ̃ ru:ʒ〕
（紅）甜椒／red pepper

la citrouille 〔la citruj〕
南瓜／pumpkin

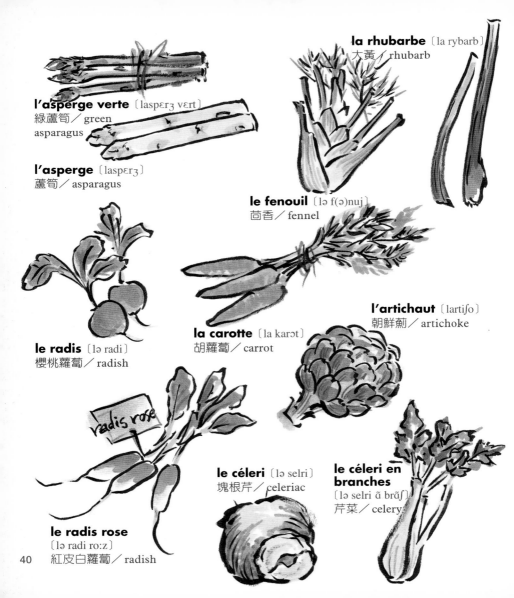

la rhubarbe〔la rybarb〕
大黃／rhubarb

l'asperge verte〔laspɛrʒ vɛrt〕
綠蘆筍／green
asparagus

l'asperge〔laspɛrʒ〕
蘆筍／asparagus

le fenouil〔lə f(ə)nuj〕
茴香／fennel

le radis〔lə radi〕
櫻桃蘿蔔／radish

la carotte〔la karɔt〕
胡蘿蔔／carrot

l'artichaut〔lartiʃo〕
朝鮮薊／artichoke

radis rose

le radis rose
〔lə radi ro:z〕
紅皮白蘿蔔／radish

40

le céleri〔lə selri〕
塊根芹／celeriac

le céleri en branches
〔lə selri ã brãʃ〕
芹菜／celery

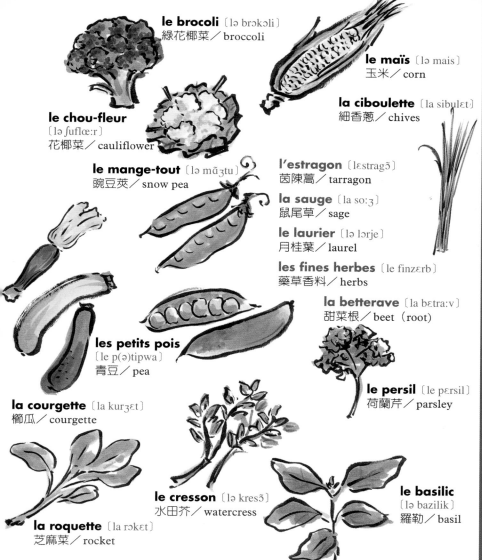

le brocoli 〔lə brɔkɔli〕
綠花椰菜／broccoli

le maïs 〔lə mais〕
玉米／corn

la ciboulette 〔la sibulɛt〕
細香蔥／chives

le chou-fleur
〔lə ʃuflœːr〕
花椰菜／cauliflower

le mange-tout 〔lə mãʒtu〕
豌豆莢／snow pea

l'estragon 〔lɛstragɔ̃〕
茵陳蒿／tarragon

la sauge 〔la soːʒ〕
鼠尾草／sage

le laurier 〔lə lɔrje〕
月桂葉／laurel

les fines herbes 〔le finzɛrb〕
藥草香料／herbs

la betterave 〔la bɛtraːv〕
甜菜根／beet（root）

les petits pois
〔le p(ə)tipwa〕
青豆／pea

le persil 〔le pɛrsil〕
荷蘭芹／parsley

la courgette 〔la kurʒɛt〕
櫛瓜／courgette

le cresson 〔lə kresɔ̃〕
水田芥／watercress

le basilic
〔lə bazilik〕
羅勒／basil

la roquette 〔la rɔkɛt〕
芝麻菜／rocket

les champignons 〔le ʃɑ̃piɲɔ̃〕
蘑菇類

le champignon de Paris
〔lə ʃɑ̃piɲɔ̃ d(ə) pari〕
蘑菇／mushroom

la trompette-des-morts
〔la trɔ̃pɛtdemɔːr〕
號角蘑菇／black trumpet,
Craterellus fallax

la morille〔la mɔrij〕
羊肚菌菇／morel

le pied-de-mouton〔lə pjed(ə)mutɔ̃〕
羊蹄蘑菇／Wood Hedgehog, Hydnum
repandum

la girolle〔la ʒirɔl〕
雞油菌菇／chanterelle

le cèpe〔lə sɛp〕
牛肝菌菇／boletus

le pleurote〔lə plørɔt〕
鮑魚菇／oyster mushroom

la truffe〔la tryf〕
松露／truffle

※法國以黑色松露為主流。

42

la dinde 〔la dɛ̃:d〕
火雞肉／turkey
le pigeon 〔lə piʒɔ̃〕
鴿肉／pigeon
le sanglier 〔lə sãglije〕
山豬肉／boar

le jambon 〔lə ʒãbɔ̃〕
火腿／ham
les saucisses 〔le sosis〕
臘腸／sausage
les saucissons secs 〔le sosisɔ̃ sɛk〕
法式臘腸／French dry sausage

les viandes
〔le viã:d〕
肉類

le mouton 〔lə mutɔ̃〕
綿羊，羊肉／sheep, mutton

le veau 〔lə vo〕
小牛肉／veal

l'agneau 〔laɲo〕
小羊肉／lamb

le bœuf 〔lə bœf〕
牛肉／beef

la poule 〔la pul〕
母雞，雞肉／hen

le porc 〔lə pɔ:r〕
豬肉／pork

le lapin, le lièvre 〔lə lapɛ̃〕
兔肉，野兔肉／rabbit, hare

l'œuf 〔lœf〕
蛋／egg

le canard domestique
〔lə kana:r dɔmɛstik〕
家鴨／duck

le canard 〔lə kana:r〕
鴨子／drake

la caille 〔la ka:j〕
鵪鶉／quail

43

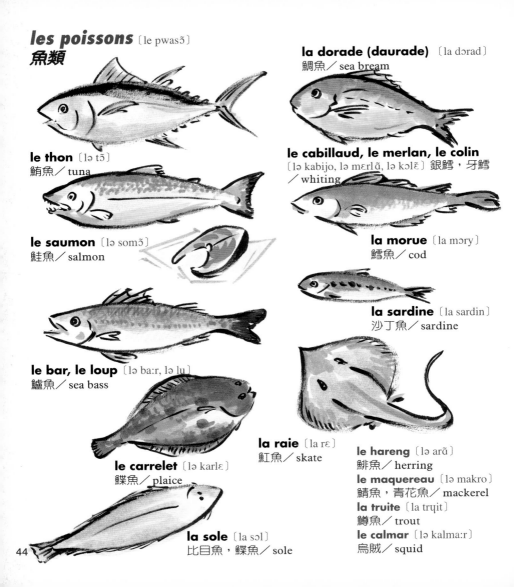

les poissons 〔le pwasɔ̃〕
魚類

le thon 〔lə tɔ̃〕
鮪魚／tuna

le saumon 〔lə somɔ̃〕
鮭魚／salmon

le bar, le loup 〔lə ba:r, lə lu〕
鱸魚／sea bass

le carrelet 〔lə karlɛ〕
鰈魚／plaice

la sole 〔la sɔl〕
比目魚，鰈魚／sole

la dorade (daurade) 〔la dɔrad〕
鯛魚／sea bream

le cabillaud, le merlan, le colin
〔lə kabijo, lə mɛrlɑ̃, lə kɔlɛ̃〕銀鱈，牙鱈
／whiting

la morue 〔la mɔry〕
鱈魚／cod

la sardine 〔la sardin〕
沙丁魚／sardine

la raie 〔la rɛ〕
魟魚／skate

le hareng 〔lə arɑ̃〕
鯡魚／herring
le maquereau 〔lə makro〕
鯖魚，青花魚／mackerel
la truite 〔la trɥit〕
鱒魚／trout
le calmar 〔lə kalma:r〕
烏賊／squid

44

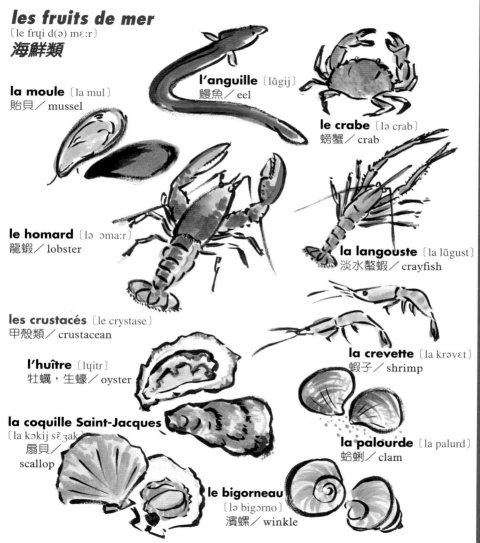

les fruits de mer
〔le frɥi d(ə) mɛːr〕
海鮮類

la moule〔la mul〕
貽貝╱mussel

l'anguille〔lɑ̃gij〕
鰻魚╱eel

le crabe〔lə crab〕
螃蟹╱crab

le homard〔lə ɔmaːr〕
龍蝦╱lobster

la langouste〔la lɑ̃gust〕
淡水螯蝦╱crayfish

les crustacés〔le crystase〕
甲殼類╱crustacean

la crevette〔la krəvɛt〕
蝦子╱shrimp

l'huître〔lɥitr〕
牡蠣，生蠔╱oyster

la coquille Saint-Jacques
〔la kɔkij sɛ̃ʒak〕
扇貝╱
scallop

la palourde〔la palurd〕
蛤蜊╱clam

le bigorneau
〔lə bigɔrno〕
濱螺╱winkle

45

la baguette 〔la bagɛt〕
法國（棍子）麵包／baguette

le pain parisien 〔lə pɛ̃ parizjɛ̃〕巴黎長條麵包／
Parisian loaf

le pain de campagne 〔lə pɛ̃ d(ə) kɑ̃paɲ〕
鄉村麵包／French country style bread, farmhouse
bread, pain de campagne

le petit pain 〔lə p(ə)ti pɛ̃〕
小法國麵包／roll（小型的法國麵包。）

le croissant ordinaire 〔lə krwasɑ̃ ɔrdinɛ:r〕
一般牛角麵包／croissant

le croissant au beurre
〔lə krwasɑ̃ o bœ:r〕
奶油牛角麵包／butter croissant

la brioche 〔la briɔʃ〕
小茅屋（普利歐修）麵包／
brioche（一種加有奶油、蛋及糖的法
式甜麵包。）

la petite boule
〔la p(ə)tit bul〕
魔球麵包／boule

● **la flûte** 〔la flyt〕
笛子麵包／flûte
（一種細長型的法國麵包。）

● **le bâtard** 〔lə bata:r〕
短型法國麵包／French batard
（比棍子麵包要短且胖的法國麵包。）

● **le pain de seigle**
〔lə pɛ̃ d(ə) sɛgl〕
裸麥麵包／rye bread

● **le pain au lait** 〔lə pɛ̃ o lɛ〕
牛奶餐包／pain au lait
（表面光滑的鬆軟橢圓形甜麵包。）

● **le pain aux raisins**
〔lə pɛ̃ o rɛzɛ̃〕
葡萄乾麵包／raisin bread
（旋渦狀加有葡萄乾及奶油的丹麥麵包。）

● **le pain au chocolat**
〔lə pɛ̃ o ʃɔkɔla〕
巧克力麵包／chocolate bread
（加有巧克力粒的丹麥麵包。）

le pain de mie
〔lə pɛ̃ d(ə) mi〕
三明治麵包／sandwich
bread
le toast 〔l to:st〕
吐司／toast

Au marché 〔o marʃe〕
市場裡

■ 請問這附近有市場嗎？

Est-ce qu'il y a un marché près d'ici?

le miel 〔lə mjɛl〕
蜂蜜／honey

* **le miel de châtaignier** 〔lə mjɛl d(ə) ʃateɲje〕
栗子蜂蜜／chestnut honey

* **le miel d'acacia** 〔lə mjɛl d akasja〕
洋槐蜂蜜／acacia honey

* **le miel de tournesol** 〔lə mjɛl d(ə) turnəsɔl〕
葵花蜂蜜／sunflower honey

C'est bon!
真好吃！

le fromage 〔l frɔma:ʒ〕
乳酪／cheese

● 好甜！
C'est sucré ! 〔ce sykre〕

● 好澀！
C'est amer ! 〔ce amɛ:r〕

● 好鹹！
C'est salé ! 〔ce sale〕

le beurre 〔lə bœ:r〕
奶油／butter

la confiture 〔la kɔ̃fity:r〕
果醬／jam

● 我要買四百克的櫻桃。
Je voudrais 400g de cerises.

l'huile d'olive
〔lɥil dɔli:v〕
橄欖油／olive oil

● 我買這個跟這個。
Je prends ça et ça.

huile 〔ɥil〕
油／oil

48

▶ 去市場逛逛採購一番吧！

法國的市場和超市魅力獨具。市場裡有從附近農家運送過來的新鮮蔬菜、起司…等。還有葡萄酒的種類也非常豐富。採買一些現成的家常菜餚、麵包和葡萄酒之後，在徐徐微風吹拂的公園裡，時髦的渡過一個法式午餐時光吧！

Ça a l'air frais et bon.
這看起來新鮮又好吃。

la charcuterie
〔la ʃarkytri〕
豬肉加工品、肉品店／butcher shop

la saucisse 〔la sosis〕
臘腸／sausage

le saucisson sec
〔le sosisɔ̃ sɛk〕
法式臘腸／French dry sausage

le jambon 〔lə ʒɑ̃bɔ̃〕
火腿／ham

le sucre
〔lə sykr〕
糖／sugar

le sucre en morceaux 〔lə sykr ɑ̃ mɔrso〕
角砂糖／cube sugar

le poulet 〔lə pulɛ〕
雞肉／chicken

le taboulé 〔lə tabule〕
薄荷檸檬粗麥粉沙拉／taboule, tabboule

※ 在大粒的古斯古斯 cous-cous（一種粗麥粉粒）內加入薄荷與蕃茄的一種食物。

la fleur de sel 〔lə flœ:r d(ə) sɛl〕
鹽花／salt flower

le sel 〔lə sɛl〕
鹽巴／salt

les lentilles 〔le lɑ̃tij〕
扁豆／lentils

● 我可以試吃這個嗎？
Est-ce que je peux goûter ça?

● 是什麼味道？
Quel est le goût?

la moutarde à l'ancienne
〔la mutard a lãsjɛn〕
法國傳統芥末／mustard "à l'ancienne", traditional mustard（裡頭有芥末粒。）

la moutarde
芥末〔la mutard〕／mustard

le vinaigre de vin rouge
〔lə vinɛgr d(ə) vɛ̃ ru:ʒ〕
紅酒醋／red wine vinegar

le biscuit 〔lə biskɥi〕
餅乾／biscuit

le biscuit salé 〔lə biskɥi sale〕
鹹餅乾／crackers

le vinaigre de vin blanc
〔lə vinɛgr d(ə) vɛ̃ blã〕
白酒醋／white wine vinegar

le caviar 〔lə kavja:r〕
魚子醬／caviar

les confiseries 〔le kɔ̃fizri〕
糖果類

le bonbon
〔lə bɔ̃bɔ̃〕
糖果／candy

l'olive verte 〔lɔli:v vɛrt〕
綠橄欖／green olive

l'olive farcie
〔lɔli:v farsi〕
填餡橄欖／stuffed olive

l'olive noire
〔lɔli:v nwa:r〕
黑橄欖／black olive

● 好酸！
C'est acide 〔ce asid〕
● 好辣！
C'est piquant 〔ce pikã〕
● 不好吃！
Ce n'est pas bon
〔sə nɛ pə bɔ̃〕

巴黎有許多賣印度、非洲、及東南亞國家常菜的專賣店，可品嘗到多國菜色。

Chez le traiteur 〔ʃe lə o trɛtœ:r〕 🔊 10
家常餐廳

（餐廳內販賣的大部份菜餚已經烹煮好了，可說是無法自行取用的自助餐店，有外送服務也可代為承辦餐會。）

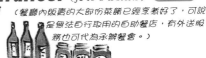

une tranche de terrine
〔yn trɑ̃ʃ d(ə) tɛrin〕
一片肉凍／a slice of terrine, pâté

（一種由蔬菜跟肉做成的凍狀物，切片後食用。）

une portion de salade
〔yn pɔrsjɔ̃ d(ə)salad〕
一份沙拉／a helping of salad

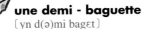

une part de quiche
〔yn pɑ:r d(ə) kiʃ〕
一片法式鹹派／a slice of quiche

une demi - baguette
〔yn d(ə)mi bagɛt〕
半條法國麵包／half baguette

cent grammes de saucisson
〔sɑ̃ gram d(ə) sosisɔ̃〕
一百克的臘腸／
one hundred grams of French dry sausages

un sachet de bonbons
〔œ̃ saʃɛ d(ə) bɔ̃bɔ̃〕
一包糖果／a packet of candy

la balance 〔la balɑ̃:s〕
秤／scales

● 我要一份生菜沙拉。
Je voudrais une portion de salade verte.

● 請再給我一片菠菜鹹派和一條法國麵包。
Et puis une part de quiche aux épinards et une baguette, s'il vous plaît.

A la fromagerie 〔a la fromaʒri〕
乳酪店

le fromage 〔lə frma:ʒ〕 乳酪／cheese
roquefort 〔rɔkfɔːr〕 洛克福藍黴乳酪

cantal 〔kãtal〕
康達乳酪

mimolette française
〔mimɔlɛt frãsɛːz〕
法國米摩雷特乳酪／
Mimolette

emmental 〔emɛ̃tal〕
艾芒達乳酪

camembert
〔kamãbɛːr〕
卡蒙貝爾乳酪

beaufort 〔bofɔːr〕
波佛爾乳酪

brie 〔bri〕
布里（軟質）乳酪

valençay 〔valãsɛ〕
瓦倫榭乳酪

sainte-maure de touraine
〔sɛ̃tmɔːr d(ə)turɛn〕
杜爾聖摩爾乳酪

faisselle de chèvre
〔fɛsɛl d(ə) ʃɛːvr〕
乳清羊乳酪／
faisselle
（是一種
浸在乳清
裡的軟質
乳酪。）

le fromage frais 〔lə frɔma:ʒ frɛ〕
新鮮乳酪類／fresh cheese

fromage blanc
〔frma:ʒ blã〕
軟質酸酪

chèvre frais 〔ʃɛːvr frɛ〕 新鮮山羊乳酪

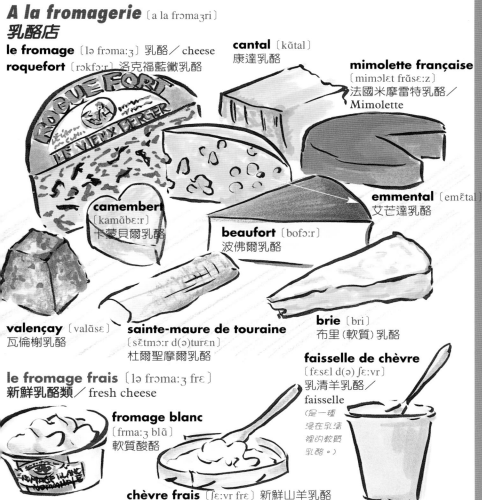

● 在國內不容易買到新鮮的乳酪，到了當地一定要好好嚐鮮一下。

les gâteaux 〔le gato〕
蛋糕類

Le chardon aux noix
〔lə ʃardɔ̃ o nwa〕
胡桃巧克力 / chocolate stuffed with walnut

le macaron 〔lə makarɔ〕
馬卡虹、杏仁蛋白餅 / macaroon

le fondant à l'orange
〔lə fɔ̃dɑ̃ a lɔrɑ̃:ʒ〕
柳橙糖衣鬆糕 / fondant à l'orange

les chocolats 〔le ʃɔkɔla〕
巧克力類

la charlotte aux fruits
〔la ʃarlɔto frɥi〕
夏洛特奶油水果蛋糕 / charlotte with fresh fruit topping

la tarte aux pommes
〔la tarto pɔm〕
蘋果塔 / apple pie

la truffe
〔la tryf〕
軟心巧克力球 / chocolate truffle

l'éclair 〔leklɛ:r〕
長型泡芙 / éclair

les Mendiants 〔le mɑ̃djɑ̃〕
水果乾巧克力 / dried fruits on dark chocolate

la crème brûlée
〔la krɛm bryle〕焦糖布丁
烤布蕾 / caramel pudding

la salade de fruits 〔la salad d(ə) frɥi〕
水果沙拉 / fruit salad

la glace 〔la glas〕
冰淇淋 / ice cream

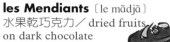

54

les desserts 〔le desε:r〕
甜點類

la mousse au chocolat 〔la muso ʃɔkɔla〕
巧克力慕斯／
chocolate
mousse cake

le moelleux au chocolat
〔lə mwaløo ʃɔkɔla〕
巧克力海棉蛋糕／moelleux au
chocolat

le Mont Blanc 〔lə mɔ̃ blɑ̃〕
蒙布朗／Mont-Blanc

le gâteau au chocolat
〔lə gato o ʃɔkɔla〕
巧克力蛋糕／chocolate cake

Au salon de thé
〔o salɔ̃ d(ə) te〕
茶屋裡

le petit four 〔lə p(ə)ti fu:r〕
小西點／snack

le sandwich 〔lə sɑ̃dwitʃ〕
三明治／sandwich

la crêpe 〔la krεp〕
可麗餅／crepe

55

les soupes 〔le sup〕
湯品類

le consommé 〔lə kɔ̃sɔme〕
清燉肉湯／consomme

le potage 〔lə pɔta:ʒ〕
濃湯／soup

la soupe du jour 〔la sup dy ʒu:r〕
今日濃湯／soup of the day

le potage à la purée de haricots blancs 〔lə pɔta:ʒ a la pyre d(ə) ariko blɑ̃〕
菜豆泥濃湯／bean soup

la bouillabaisse 〔la bujabɛs〕
法式魚湯／bouillabaisse

la soupe aux légumes
〔la supo legym〕
蔬菜濃湯／
vegetable soup

la soupe à l'oignon gratinée 〔la supa lɔɲɔ̃ gratine〕
焗烤洋蔥濃湯／onion soup au gratin

la soupe vichyssoise
〔la sup viʃiswa:z〕
維琪冷湯／Vichyssoise soup

午餐就來個湯＆三明治
的簡單組合吧！

le déjeuner 〔lə deʒœne〕
午餐

l'omelette 〔lɔmlɛt〕
法式煎蛋捲／omelette

la salade mixte 〔la salad mikst〕
綜合沙拉／mixed salad

la salade niçoise 〔la salad niswa:z〕
尼斯沙拉／Nice salad

le croque-monsieur 〔lə krɔkməsjø〕
烤起司火腿三明治／Welsh rarebit,
toasted cheese and ham sandwich

le sandwich au fromage
〔lə sãdwitʃ o frɔma:ʒ〕
起司三明治／cheese sandwich

le croque-madame 〔lə krɔkmadam〕
加蛋烤起司火腿三明治／sandwich with
ham, egg & cheese

le sandwich au jambon
〔lə sãdwitʃ o ʒãbɔ̃〕
火腿三明治／ham sandwich

※典型的法式早餐。

le sandwich bagel 〔lə sãdwitʃ bɛgəl〕
貝果三明治／bagel

la tartine 〔la tartin〕
塗上奶油或果醬的切片法國麵包（也可兩
種都塗）／bread with butter (or jam)

58

les entrées 〔lezɑ̃tre〕
前菜類

le saumon mariné 〔lə somɔ̃ marine〕
醃鮭魚／marinated salmon

les fruits de mer à la sauce Ailloli (Aïoli)
〔le frɥi d(ə) mɛːr a la soːs ajɔl〕
蒜味美乃滋海鮮／sea fruits with garlic flavored mayonnaise

les plats 〔le pla〕
主菜類

le bar poêlé 〔lə baːr pwale〕
香煎鱸魚／scorched bass

le thon sauté 〔lə tɔ̃ sote〕
油煎鮪魚／sauteed tuna

les sardines grillées
〔le sardin grije〕
燒烤沙丁魚／grilled sardine

les côtes d'agneau rôties 〔le coːt daɲo roti〕
碳烤羊肋排／roasted lamb rib

le confit de magrets de canard
〔lə kɔ̃fi d(ə) magrɛ d(ə) kanaːr〕
糖漬鴨片／duck comfit

Apéritif 〔aperitif〕
開胃酒／apéritif
Poissons 〔pwasɔ̃〕
魚類／fish
Viandes 〔vjɑ̃ːd〕
肉類／meat
Fromages 〔fromaːʒ〕
乳酪／cheese
Desserts 〔desɛːr〕
甜點／dessert
Digestif 〔diʒɛstif〕
餐後酒／digestif

le fois gras sauté
〔lə fwa gra sote〕
嫩煎鵝肝醬／sauteed fois gras

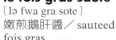

le coq au vin 〔lə kɔko vɛ̃〕
紅酒燜子雞／coq au vin, chicken cooked with red wine

la terrine de pâté de foie de veau 〔la terin d(ə) pate d(ə) fwa d(ə) vo〕
小牛肝凍／calf's liver pâté

59

la menthe 〔la mã:t〕
薄荷／mint

une menthe à l'eau
〔yn mã:ta lo〕
薄荷水／mint water

un cassis à l'eau
〔œ̃ kasisa lo〕
掺水黑醋栗汁／(black currant) cassis water

le sirop de cassis 〔lə siro d(ə)kasis〕
黑醋栗糖浆／(black currant) cassis syrup

l'eau 〔lo〕
水／water

le jus de citron
〔lə ʒy d(ə) sitrɔ̃〕
檸檬汁／lemon juice

un citron pressé
〔œ̃ sitrɔ̃ prɛse〕
鮮榨檸檬汁／freshly squeezed lemon juice

le sucre 〔lə sykr〕
砂糖／sugar

le soda 〔lə soda〕
蘇打水／soda

le jus de citron
〔lə ʒy d(ə) sitrɔ̃〕
檸檬汁／lemon juice

un soda citron
〔œ̃ soda sitrɔ̃〕
檸檬汽水／lemon soda

la limonade 〔la limɔnad〕
檸檬汽水／lemonade

le sirop 〔lə siro〕
糖浆／syrup

un diabolo 〔œ̃ djabɔlo〕
糖浆檸檬汽水／lemonade with syrup

un orangina 〔œ̃ ɔrãʒina〕
橘子果粒汽水／Orangina

un jus d'orange 〔œ̃ ʒy dɔrã:ʒ〕 柳橙汁／orange juice

Au café〔o kafe〕
咖啡廳

la crème〔la krɛm〕
鮮奶油／cream

un café viennois
〔œ̃ kafe vjɛnwa〕
維也納咖啡／
Viennese coffee

le lait〔lə lɛ〕
牛奶／milk

un café au lait (un café crème)
〔œ̃ kafe o lɛ〕
牛奶咖啡／歐蕾咖啡 milk coffee

le café〔lə kafe〕
咖啡／coffee

le lait〔lə lɛ〕
牛奶／milk

un cappuccino〔œ̃ kaputʃino〕
卡布奇諾／cappuccino

la cannelle〔la kanɛl〕
肉桂／cinnamon

le citron〔lə sitrɔ̃〕
檸檬／lemon

un thé au citron〔œ̃ te o sitrɔ̃〕
檸檬茶／lemon tea

le lait〔lə lɛ〕
牛奶／milk

un thé au lait〔œ̃ te o lɛ〕
奶茶／milk tea

le thé〔lə te〕
茶／tea

une tisane〔yn tizan〕
藥草茶／herbal tea

la menthe〔la mɑ̃:t〕
薄荷／mint

la camomille〔la kamɔmij〕
甘菊／camomile

un chocolat chaud
〔œ̃ ʃɔkɔla ʃo〕
熱巧克力／hot chocolate

● 請給我酒單。 **La carte des vins, s'il vous plaît.** 🔊 14

un cocktail à la pêche
〔œ̃ kɔktɛl a la pɛʃ〕
蜜桃雞尾酒／peach cocktail

un cocktail à la framboise
〔œ̃ kɔktɛl a la frɑ̃bwa:z〕
覆盆子雞尾酒／raspberry cocktail

un kir〔œ̃ kir〕
基爾酒／Kir, white wine with cassis

●由覆盆子利口酒 (la crème de framboise) 和香檳調製而成。

●由黑醋栗利口酒 (la crème de cassis)和白葡萄酒調製而成。

un St. Germain
〔œ̃sɛʒɛrmɛ̃〕
聖傑曼／
St. Germain

un mimosa
〔œ̃ mimoza〕
含羞草雞尾酒／
Mimosa

●由香檳和柳橙汁調製而成。

Un soda Dubonnet
〔œ̃ soda dybɔnɛ〕
杜保內（多寶力）
蘇打／Dubonnet

●沙特茲（夏多思）酒 (Chartreuse)、檸檬汁、葡萄柚汁及蛋白的調酒。

un soda Campari〔œ̃ soda kɑ̃pari〕
金巴利蘇打／Campari

l'apéritif 〔aperitif〕
開胃酒

une bière pression
〔yn bjɛ:r prɛsjɔ̃〕
生啤酒／draft beer

la limonade 〔la limɔnad〕
檸檬汽水／lemonade

la grenadine
〔la grənadin〕
石榴糖漿／grenadine

un Monaco
〔œ̃ mɔnaco〕
摩納哥啤酒／
Monaco
● 摻有石榴糖漿
的啤酒。

un panaché
〔œ̃ panaʃe〕
巴那榭啤酒／
Panaché
● 摻有檸檬汽水
的啤酒。

une bière d'Alsace 〔yn bjɛ:r dalzas〕
亞爾薩斯啤酒／Alsace beer

le rhum 〔lə rɔm〕
萊姆酒／rum

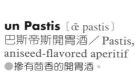

un vin chaud
〔œ̃ vɛ̃ ʃo〕
熱甜酒／hot wine

un grog 〔œ̃ grɔg〕
熱烈酒／grog

un Pastis 〔œ̃ pastis〕
巴斯帝斯開胃酒／Pastis,
aniseed-flavored aperitif
● 摻有茴香的開胃酒。

les anisés 〔lezanize〕
茴香酒／wine flavored with aniseeds

le vin 〔lə vɛ̃〕
葡萄酒

Provence
普羅旺斯

以玫瑰紅酒的產地著名。此地生產許多 **Côtes de Provence**（普羅旺斯丘）的辛口玫瑰紅酒。也生產具溫和酸味的白酒。

le vin rosé
〔lə vɛ̃ roze〕玫瑰紅酒
rose wine

Val de la Loire
羅亞爾河谷地方

法國最長的河、羅亞爾河流域所流經的區域。這裡所產的白酒非常有名。生產許多被稱作 **demi sec** 的微甜型白酒。
紅酒則以 **Chinon**（希濃）為代表性產品。

demi sec 〔d(ə)mi sɛk〕
微甜／medium-dry

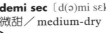

doux et rond
〔du e rɔ̃〕
甘甜爽口的／
light and sweet

la carte des vins
〔la kart de vɛ̃〕
酒單／wine list

●請給我一杯（一小壺）自釀的紅酒。
Un verre (un pichet) de vin rouge maison, s'il vous plaît.

le tire-bouchon
〔lə tirbuʃɔ̃〕
開瓶器／
corkscrew

le bouchon décoratif
〔lə buʃɔ̃ dekɔratif〕
有特殊裝飾的酒瓶塞／wine topper, decorative wine cork

le bouchon 〔lə buʃɔ̃〕
瓶塞／cork

le bar à vins 〔lə ba:ra vɛ̃〕
酒吧／wine bar

法國酒的產地是以酒瓶的形狀來分。因此，記住酒瓶的形狀非常方便。

Bordeaux 波爾多

世界著名的葡萄酒產地。在 AOC 中饒富盛名的 21 個地區之中最著名的 5 個酒莊分別為：

● **Médoc**〔medɔk〕梅鐸紅酒
● **Graves**〔gravɛ〕格拉芙紅酒
● **Sauternes**〔sotɛrn〕索甸（蘇岱）紅酒
● **St-émilion**〔sɛtemiljɔ̃〕聖特美隆紅酒
● **Pomerol**〔pɔmərɔl〕柏美洛紅酒

勃艮地是與波爾多同具盛名的葡萄酒產地。著名的 **Romanée-Conti**（羅曼尼康帝紅酒）即為勃艮地所產。已成為辛口白酒代名詞的 **Chablis**（夏布利白酒）是此地的名產。

Bourgogne 勃艮地

● 麻煩請您替我們的菜餚挑瓶相配的酒好嗎？
Pourriez-vous choisir du vin qui aille avec nos plats?
● 香醇濃郁的口感。
Epais et savoureux〔epɛ e savurø〕／ mellow and tasty

Champagne
香檳區
Champagne 是香檳區所產的汽泡酒之代名詞。

Alsace
亞爾薩斯區

亞爾薩斯位於德國邊境，萊茵河將其與德國分隔開來。此地的白酒非常著名，以單一品種的葡萄釀製而成，酒瓶標籤上會註明葡萄的品種名。此地所產的酒如 **Riesling**（麗絲玲白酒），具高品質的葡萄風味，而 **Gewurztraminer**（格烏茲塔明那白酒），則獨具溫潤香氣。

■ **le vin rouge**〔lə vɛ̃ ru:ʒ〕紅酒／ red wine ■ **le vin blanc**〔lə vɛ̃ blɑ̃〕白酒／ white wine 65

16

到哪用餐呢⋯⋯?

● 我想品嚐傳統法國料理,請問您知道哪家好餐廳呢?

Je voudrais manger de la cuisine française traditionnelle. Est-ce que vous connaissez un bon restaurant?

● 請問您知道有哪家餐廳是鄰近居民經常光顧的嗎?

Est-ce que vous connaissez un restaurant fréquenté par les habitants du quartier?

un café〔œ̃ kafe〕
咖啡廳/coffee shop

un bistrot〔œ̃ bistro〕
家庭式餐廳/eatery

une brasserie〔yn brasri〕
餐廳/restaurant

● 請問您知道有哪家流行餐廳是年輕人經常光顧的嗎？
Est-ce que vous connaissez un restaurant branché fréquenté par les jeunes?

● **le petit-déjeuner**
〔lə p(ə)tide ʒœne〕
早餐／breakfast

● **le déjeuner**
〔lə de ʒœne〕
午餐／lunch

● **le dîner**
〔lə dine〕
晚餐／dinner

un restaurant 〔œ̃ rɛstɔrɑ̃〕
餐廳／restaurant

un bar à vins 〔œ̃ ba:ra vɛ̃〕
酒吧／wine bar

Au restaurant 〔o rɛstɔrɑ̃〕
餐廳裡

le couteau 〔lə kuto〕餐刀／knife
la fourchette 〔la furʃɛt〕餐叉／fork
la fourchette à dessert 〔la furʃɛt a desɛ:r〕
甜點叉／dessert fork
la cuillère 〔la kɥiɛ:r〕湯匙／spoon
la cuillère à café 〔la kɥiɛ:r a kafe〕
咖啡匙／coffee spoon

la cuisine 〔la kɥizin〕
菜餚、料理／cuisine

la serveuse 〔la sɛrvø:z〕
女服務生／waitress

la serviette 〔la sɛrvjɛt〕餐巾／napkin
l'assiette 〔lasjɛt〕餐盤／plate

les personnages
〔le pɛrsɔna:ʒ〕
人物

le serveur 〔lə sɛrvœ:r〕
男服務生／waiter

68

le chef 〔lə ʃɛf〕
主廚／chef

le sommelier
〔lə sɔməlje〕
侍酒師／sommelier

le maître d'hôtel
〔lə mɛtr dotɛl〕
領班／head-waiter

la carte 〔la kart〕
菜單／menu

出國旅行最麻煩的，莫過於看不懂當地的菜單了。東張西望，最後決定點和隔壁桌相同的菜，結果往往和自己想像的天差地別。所以在異國吃東西還是得看運氣，不過，如果能夠記住以下的幾種說法，還是相當有幫助的。

●我想要一道肉食（魚）料理。
Je voudrais un plat de viande (poisson).

●今天您建議我點什麼？
Qu'est-ce que vous me conseillez aujourd'hui?

non-fumeurs
〔nɔ̃fymœ:r〕
禁煙區

■ **Bonsoir**
晚安。

■ **J'ai réservé une table au nom de** ○○.
我用○○的名字訂了位。

■ **La carte, s'il vous plaît.**
請給我菜單。

■ **Qu'est-ce que vous me conseillez?**
您建議我點什麼呢？

■ **Qu'est-ce que c'est?**
這是什麼？

■ **Merci**
謝謝！

■ **le vestiaire**〔lə vɛstjɛr〕
衣物寄放間／cloakroom

■ **Je prends votre manteau.**
我幫您拿外套。

■ **Je prendrai un kir comme apéritif.**
我要基爾酒作為開胃酒。

■ **Je prends ceci.**
我點這個。

L'addition, s'il vous plaît.
請幫我結帳。

■ **Qu'est-ce que vous me conseillez comme vin?**
您建議我喝什麼酒呢？

bon!

Où sont les toilettes?
洗手間在哪裡？

70

Part 3......盡享法國購物樂

●流行女裝 ●飾品 ●鞋子 ●內衣褲
●家具 ●生活雜貨 ●廚房小用品
●童裝 ●紳士服 ●花 ●手工藝材料 ●手工製品…等。

17

Bonjour
進入商店時……

在國外，許多店家設有門鈴裝置，必須先按門鈴才能開門進入店內，這是為了安全著想。國人可能會感到不習慣。因此，到了想進去的店家門口，記得要先按門鈴。

Bonjour
您好。

●我找 ～ 。
Je cherche~ 〔ʒə ʃɛrʃ〕
●你們有 ～ 嗎？
Avez-vous~? 〔avevu〕
●我只是看看而已。
Je regarde seulement.
●請您拿這個給我看看好嗎？
Pourriez-vous me montrer ça, s'il vous plaît?

● 我可以用信用卡付款嗎？
Est-ce que je pourrais payer avec la carte de crédit?

● 我買（拿）這個。
Je prends ça.

● 多少錢？
C'est combien?

Aurevoir

Soldes 〔sɔld〕
折扣季／sale

Soldes -50

TAX FREE

Merci. Au revoir.
謝謝，再見。

購物最大樂趣
就是碰到打折商品了。不要忘了詢問
商品是否免稅。

● **épuisé** 〔epɥize〕
銷售完畢的／sold out

Dégriffé 〔degrife〕
剪標特價的／
of clothing that has
its designer label
removed and is sold
at a reduced price

Dégriffé

到暢貨中心（outlet）好好採購一番吧！

73

●這裡介紹一些購物時常用到的說法，非常實用喔！

■ 您想找什麼？ **Vous désirez?**

不買東西、想離開時……

■ 我考慮一下。 **Je vais réfléchir.**

■ 您還需要其他東西嗎？ **Vous voulez autres choses?**

尤其到市場、或是食品販賣場時……

■ 還要什麼呢？ **Avec ça?**……可以回答

■ 就這樣。 **C'est tout.**

■ 現在流行的款式是哪一種？
Quel est le modèle à la mode?

■ 這是獨創的樣式嗎？
Est-ce que c'est original?

■ 設計師是誰呢？
Qui a créé ce modèle?

■ 您穿幾號？
Quelle taille faites-vous?

■ 我穿38號。
Je fais du 38.

■ 我可以試穿嗎？
Est-ce que je peux l'essayer?

■ 這不合我的尺寸。
Ce n'est pas à ma taille.

■ 我要再大（小）一號。
Il me faut la taille en dessus (en dessous).

■ 這個款式你們還有其他顏色嗎？
En avez-vous dans d'autres couleurs?

les vêtements pour femmes
〔le vɛtmã pur fam〕
女裝

■ 這裡脫了線，您還有另一件嗎？
C'est effiloché ici. Vous en avez un autre?

■ 這裡有一個髒汙，您還有另一件嗎？
Il y a une tache. Vous en avez un autre?

女裝尺寸

日本	7號	7–9號	9–11號	11號	13號	15號
法國	34	36	38	40	42	44
（其他表示）	0	0	1	2	2	3

- **le chemisier** 〔lə ʃ(ə)mizje〕女用襯衫／shirt, blouse
- **la blouse** 〔la blu:z〕罩衫／blouse, smock
- **le T-shirt** 〔lə tiʃœrt〕T恤／T-shirt
- **le pull** 〔lə pyl〕毛線衣，（厚）運動上衣／sweater
- **la marinière** 〔la marinjɛ:r〕
  寬大的橫條紋罩衫／overblouse
- **le débardeur** 〔lə debardœ:r〕無袖上衣／tank top
- **le polo** 〔lə pɔlo〕Polo衫／polo shirt
- **la jupe droite** 〔la ʒyp drwat〕窄裙／straight skirt
- **la jupe volantée** 〔la ʒyp vɔlɑ̃te〕
  裙擺有荷邊裝飾的裙子／ruffled skirt
- **la mini-jupe** 〔la miniʒyp〕迷你裙／mini-skirt

■質料‧圖案用語
- **transparent (e)**
  〔trɑ̃sparɑ̃ (t)〕
  透明的／transparent
- **en stretch** 〔ɑ̃ strɛtʃ〕
  伸縮材質／stretch
- **à raies verticales**
  〔a rɛ vɛrtikal〕
  直條紋／striped
- **uni (e)** 〔yni〕
  單色（無花樣）／plain
- **imprimé** 〔ɛ̃prime〕
  印有圖案的／print
- **fleuri (e), à fleurs**
  〔flœri, a flœ:r〕
  花卉圖案的／
  floral pattern
- **à carreaux** 〔a karo〕
  格子紋的／checked
- **à pois** 〔a pwa〕
  點紋的／dotted

■織法‧罩衫款式用語
- **à maille côtes plates**
  〔a ma:j ko:t plat〕
  羅紋織／rib knit
- **à large décolleté**
  〔a larʒ dekɔlte〕
  寬領低胸的／
  low-cut, low-necked
- **à col roulé** 〔a kɔl rule〕
  套頭的／turtleneck
- **jacquard** 〔ʒaka:r〕
  提花布料的／
  Jacquard fabric
- **ajouré** 〔aʒure〕
  鏤空的／openwork
- **pailleté** 〔pajte〕
  充滿亮片的／spangled
- **brodé** 〔brɔde〕
  刺繡的／embroidered
- **en dentelle** 〔ɑ̃ dɑ̃tɛl〕
  蕾絲的／lace

■夾克‧外套款式用語
- **la veste ceinturée**
  〔la vɛst sɛ̃tyre〕
  有腰帶的外套／belted jacket
- **la veste cintrée**
  〔la vɛst sɛ̃tre〕
  有腰身的外套／waisted jacket
- **la veste zipée** 〔la vɛst zipe〕
  拉鏈夾克／zip jacket
- **la veste en jean stretch**
  〔la vɛst ɑ̃ dʒin strɛtʃ〕
  伸縮性質的牛仔外套／
  stretch denim jacket
- **la veste à 3 boutons**
  〔la vɛst a trwa butɔ̃〕
  三扣式西裝外套／
  3-button jacket
- **le manteau à capuche**
  〔lə mɑ̃to a kapuʃ〕
  連帽大衣／hooded coat

■連身洋裝
- **la robe habillée**
  〔la rɔb habije〕
  正式洋裝／formal dress
- **la robe à bretelles**
  〔la rɔb a brətɛl〕
  吊帶裙裝／overall dress
- **la robe courte (longue)**
  sans manche
  〔la rɔb kurt (lɔ̃:g) sɑ̃ mɑ̃:ʃ〕
  無袖短（長）洋裝／
  sleeveless short (long) dress
- **la robe dos-nu** 〔la rɔb dony〕
  露背裙裝／barebacked dress

衣領＆裙子種類

l' encoulure V〔lɑ̃kɔly:rve〕V字領／V-neck
le col châle〔lə kɔl ʃɑ:l〕交叉式翻領／shawl collar
sans col〔sɑ̃ kɔl〕無衣領的／without collar

la blouse 〔la blu:z〕
罩衫／blouse, smock

le col chemise
〔lə kɔl ʃ(ə)mi:z〕

le col tailleur
〔lə kɔl tajœ:r〕

le col claudine
〔lə kɔl klɔdin〕

le col rabattu
〔lə kɔl rabaty〕
翻領／
turn-down collar

襯衫領／shirt-collar

西裝領／tailored collar

圓衣領／Peter Pan collar

l' encoulure bateau
〔lə kɔl bato〕
一字領／boatneck

le col montant
〔lə kɔl mɔtɑ̃〕

le ras de cou
〔lə kɔl d(ə) ku〕

立領／stand-up collar, high collar

圓領／crew neck

le col roulé 〔lə kɔl rule〕
套頭／turtleneck

la jupe évasée
〔la ʒyp evaze〕

la jupe plissée
〔la ʒyp plise〕

la jupe 〔la ʒyp〕
裙子／skirt

la jupe portefeuille
〔la ʒyp pɔrtəfœj〕

喇叭裙／flared skirt

百褶裙／pleated skirt

la jupe froncée
〔la ʒyp frɔ̃se〕
碎褶裙／gathered skirt

一片裙／wrap skirt, wrapover skirt

le tricot 〔lə triko〕
針織衣類

le pull col roulé 〔lə pyl kɔl rule〕
套頭毛衣／turtleneck sweater

le pull 〔lə pyl〕
毛線衣／sweater

la robe maille 〔la rɔb ma:j〕
針織洋裝／knitted dress

la blouse 〔la blu:z〕
罩衫／blouse, smock

l'ensemble 〔lãsãbl〕
成套服裝／outfit

le cardigan 〔lə kardigã〕
羊毛衫／cardigan

le chemisier 〔lə ʃ(ə)mizje〕
女用襯衫／shirt, blouse

le tailleur 〔lə tajœ:r〕
套裝／suit

le tailleur-pantalon 〔lə tajœ:rpãtalɔ̃〕
褲裝套裝／trouser suit

la jupe droite 〔la ʒyp drwat〕
窄裙／straight skirt

le pantalon 〔lə pãtalɔ̃〕
長褲／trousers

le trench 〔lə trɛntʃ〕
風衣／trench

le manteau 〔lə mãto〕
大衣／coat

la robe 〔la rɔb〕
洋裝／dress

78

■樣式用語

● **cintré (e)**〔sɛ̃tre〕
有腰身設計的／waisted

● **court (e)** 〔kurt〕
短的／short

● **long (ue)** 〔lɔ̃:g〕
長的／long

● **fluide** 〔flɥid〕
飄逸的／flowing

● **Impression poitrine**
〔ɛ̃prɛsjɔ̃ pwatrin〕
胸口印有圖案的／print
on chest

● **sans manche** 〔sã mã:ʃ〕
無袖的／sleeveless

● **à mancherons**
〔a mãʃrɔ̃〕
包袖的／cap-sleeve

● **à manches courtes**
〔a mã:ʃ kurt〕
短袖的／short sleeve

● **à manches ¾**
〔a mã:ʃ trwaka:r〕
七分袖的／¾ sleeve

● **à manches longues**
〔a mã:ʃ lɔ̃:g〕
長袖的／long sleeve

■裙裝 & 褲裝用語

● **la jupe trapèze**
〔la ʒyp trapɛz〕
A字裙／A-line skirt, tra-
peze skirt

● **à taille basse**
〔a ta:j ba:s〕
低腰／low waist

● **à taille élastique**
〔a ta:j elastik〕
腰部有鬆緊帶的褲子／
elastic pants

● **ample** 〔ã:pl〕
寬大的／large

● **courte** 〔kurt〕
短的／short

● **aux genoux** 〔o ʒ(ə)nu〕
及膝的／knee-length

● **mi-mollet** 〔mimɔlɛ〕
長及小腿肚的／calf-long

● **longue** 〔lɔ̃:g〕
長的／long

● **la mini-jupe**
〔la miniʒyp〕
迷你短裙／mini-skirt

● **le pantalon évasé**
〔lə pãtalɔ̃ evaze〕
喇叭褲／bell bottoms

■布料・材質用語

● **en textile synthétique**
〔ã tɛkstil sɛ̃tetik〕
合成纖維的／synthetic

● **en organdi** 〔ãn ɔrgãdi〕
蟬翼紗材質的／organdie,
organdy

● **en coton** 〔ã kɔtɔ̃〕
棉質的／cotton

● **en voile de coton**
〔ã vwal d(ə) kɔtɔ̃〕
棉紗材質的／cotton voile

● **en laine** 〔ã lɛn〕
羊毛材質的／wool

● **en soie** 〔ã swa〕
絲質的／silk

● **en lin** 〔ã lɛ̃〕
亞麻材質的／linen

● **en denim stretch**
〔ã denim strɛtʃ〕
伸縮丹寧材質的／stretch
denim

● **en gabardine**
〔ã gabardin〕
軋別丁材質的／gabardine

● **en laine** 〔ã lɛn〕
羊毛材質的／wool

● **en cachemire**
〔ã kaʃmi:r〕
喀什米爾羊毛材質的／
cashmere

les escarpins 〔lezɛscarpɛ̃〕
包頭淺口有跟女鞋／pumps

le chausse-pied, la corne
〔lə ʃospje, la kɔrn〕
鞋拔／shoehorn

les embauchoirs 〔lezãboʃwa:r〕
鞋楦／shoe tree, boot tree

**les chaussures à talons
hauts** 〔le ʃosy:r a talɔ̃ o〕
高跟鞋／high heels

les escarpins ouverts
〔lezɛskarpɛ̃zuvɛ:r〕
腳後跟有帶子的包頭涼鞋／
sling-back pumps

les escarpins plats 〔lezɛscarpɛ̃ pla〕
包頭低底女鞋／skimmers

la brosse à chaussures
〔la brɔs a ʃosy:r〕
鞋刷／shoe brush

les sandales
〔le sãdal〕
涼鞋／sandals

les mules 〔le myl〕
低跟涼鞋／mules

le cirage 〔lə sira:ʒ〕
鞋油／shoe cream, shoe polish

les mocassins 〔le mɔkasɛ̃〕
平跟軟鞋／loafers

les chaussures à lacets
〔le ʃosy:r a lasɛ〕
有鞋帶的鞋／lace-up shoes,
oxford

les chaussures
〔le ʃosy:r〕
鞋子

les joggers 〔le dʒɔgœr〕
球鞋／sneakers

les bottines
〔le bɔtin〕
短靴／ankle
boots

● **les chaussures en cuir** 〔le ʃosy:r ã kɥi:r〕皮鞋／leather shoes
● **les chaussures vernies** 〔le ʃosy:r vɛrni〕漆皮鞋／vernis leather shoes
● **les chaussures en daim** 〔le ʃosy:r ã dɛ̃〕麂皮鞋／suede shoes

les bottes
〔le bɔt〕
靴子／boots

● 有點太小（太大）了，請問您有大一號（小一號）的嗎？
C'est un peu trop petit (grand). Est-ce que vous auriez la taille juste au-dessus (au-dessous)?

● 你們有沒有圖案（樣式）比較活潑（流行）的？
Vous n'avez pas de motif (modèle) un peu plus vif (chic)?

les chapeaux
〔le ʃapo〕
帽子

le chapeau cloche
〔lə ʃapo klɔʃ〕
鐘型帽／bucket hat, cloche

■鏡子在哪裡？
Où est le miroir?

■我買這個。
Je prends ça.

le chapeau en paille
〔lə ʃapo ɑ̃ pa:j〕
草帽／straw hat

le bonnet de laine
〔lə bɔnɛ d(ə) lɛn〕
毛帽／wool hat

le chapeau de soleil
〔lə ʃapo d(ə) sɔlɛj〕
遮陽帽／visor

le cache-col 〔lə kaʃkɔl〕
圍巾／muffler

le foulard
〔lə fula:r〕
絲巾，領巾／scarf

le cache-oreilles
〔lə kaʃɔrɛj〕
耳罩／earmuffs

le boa 〔lə bɔa〕
女用皮毛／boa

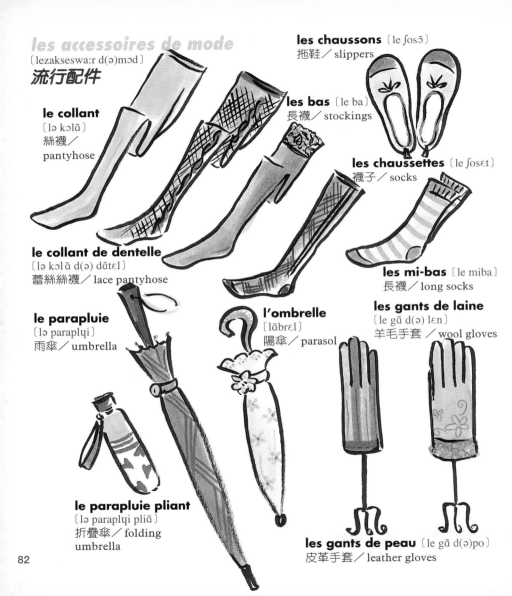

les accessoires de mode
〔lezakseswa:r d(ə)mɔd〕
流行配件

les chaussons 〔le ʃosɔ̃〕
拖鞋／slippers

le collant
〔lə kɔlɑ̃〕
絲襪／
pantyhose

les bas 〔le ba〕
長襪／stockings

les chaussettes 〔le ʃosɛt〕
襪子／socks

le collant de dentelle
〔lə kɔlɑ̃ d(ə) dɑ̃tɛl〕
蕾絲絲襪／lace pantyhose

les mi-bas 〔le miba〕
長襪／long socks

le parapluie
〔lə paraplɥi〕
雨傘／umbrella

l'ombrelle
〔lɑ̃brɛl〕
陽傘／parasol

les gants de laine
〔le gɑ̃ d(ə) lɛn〕
羊毛手套／wool gloves

le parapluie pliant
〔lə paraplɥi pliɑ̃〕
折疊傘／folding
umbrella

les gants de peau 〔le gɑ̃ d(ə)po〕
皮革手套／leather gloves

les sacs 〔le sak〕
包包類

le petit sac 〔lə p(ə)ti sak〕
女用手拿包／party bag

le sac à anse en chaîne
〔lə saka ã:s ã ʃɛn〕鏈帶手提包
／chain
handbag

le bagage cabine
〔lə baga:ʒ kabin〕
登機行李箱／
carry-on
baggage

le sac à anse de bambou 〔lə saka ã:s
d(ə) bãbu〕竹柄手提包／bamboo handle bag

le sac bandoulière
〔lə sak bãduljɛ:r〕
側背包
／shoulder
bag

le sac Kelly d'Hermès
〔lə sak kɛli dɛrmɛs〕
愛馬仕凱莉包
／Hermes
Kelly
Bag

le sac en crocodile
〔lə sak ã krɔkɔdil〕
鱷魚皮包／
crocodile
bag

le cabas en paille
〔lə kaba ã pa:j〕
草編手提包／straw bag

le cabas 〔lə kaba〕
大型手提包／tote bag

l'attaché-case
〔lataʃeka:z〕
公事包／briefcase

le sac de voyage
〔lə saka d(ə) vwaja:ʒ〕
旅行袋／travel bag

le porte-monnaie
〔lə pɔrt(ə)mɔnɛ〕
零錢包／purse

le portefeuille 〔lə pɔrtfœj〕皮夾，錢包／wallet, billfold

la lunetterie & l'horlogerie

〔la lynetri e lɔrlɔʒri〕

鐘錶類

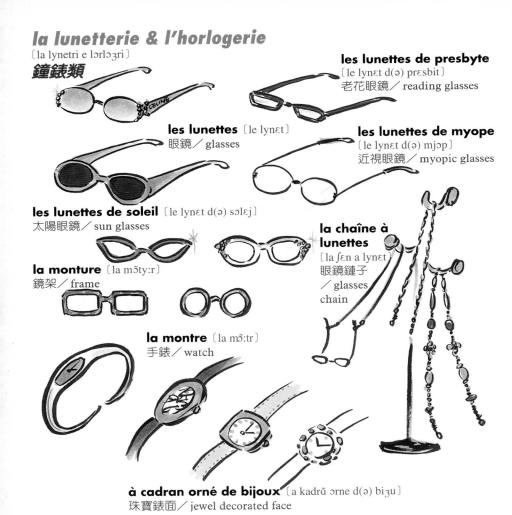

les lunettes de presbyte
〔le lynɛt d(ə) prɛsbit〕
老花眼鏡／reading glasses

les lunettes 〔le lynɛt〕
眼鏡／glasses

les lunettes de myope
〔le lynɛt d(ə) mjɔp〕
近視眼鏡／myopic glasses

les lunettes de soleil 〔le lynɛt d(ə) sɔlɛj〕
太陽眼鏡／sun glasses

la chaîne à lunettes
〔la ʃɛn a lynɛt〕
眼鏡鏈子
／glasses
chain

la monture 〔la mɔ̃ty:r〕
鏡架／frame

la montre 〔la mɔ̃:tr〕
手錶／watch

à cadran orné de bijoux 〔a kadrɑ̃ ɔrne d(ə) biʒu〕
珠寶錶面／jewel decorated face

● 鏡架太緊了，您可以幫它撐大（改鬆）一點嗎？
La monture est trop serrée. Pouvez-vous l'élargir (la serrer) un peu?

84

la bijouterie fantaisie 〔la biʒutri fɑ̃tezi〕
精緻珠寶店

la bague 〔la bag〕
戒指／ring

la bague en or
〔la bag ɑ̃nɔːr〕
金戒指／gold ring

le collier 〔lə kɔlje〕
項鍊／necklace

la bague ornée de pierres 〔la bag ɔrne d(ə) pjɛːr〕
珠寶戒指／jewel ring

la bague en argent
〔la bag ɑ̃narʒɑ̃〕
銀戒指／silver ring

le bracelet 〔lə braslɛ〕
手環／bracelet

le pendentif
〔lə pɑ̃dɑ̃tif〕
項鍊墜飾／pendant

le bracelet d'argent
〔lə braslɛ darʒɑ̃〕
銀手環／silver bracelet

la broche 〔la brɔʃ〕
胸針／brooch

les boucles d'oreille
〔le bukl dɔrɛj〕
耳環／earrings

le pin's
〔lə pins〕
別針，飾針／pins

les boucles pour oreilles percées
〔le bukl puːr pɛrse〕
穿洞式耳環／pierced earrings

les clips 〔le klips〕
夾式耳環／clip earrings

● 穿洞式耳環座是幾K金的呢？
Le support des boucles d'oreilles fait combien de carats?

85

la lingerie 〔la lɛ̃ʒri〕 **女性内衣類**

la combinette 〔la kɔ̃binɛt〕
蕾絲襯裙／full slip, chemise

le caraco 〔lə karako〕
女用短襯衣／camisole

le bustier 〔lə bystje〕
緊身胸衣／bustier, corset

le débardeur
〔lə debardœːr〕
無袖上衣／tank top

la jupe-culotte
〔la ʒypkylɔt〕
褲裙／culottes, shorts

le jupon 〔lə ʒypɔ̃〕
襯裙／half-slip,
petticoat

le shorty
〔lə ʃɔrti〕
平口褲／
shorts

la culotte 〔la kylɔt〕
內褲／panties, briefs

en dentelle
〔ɑ̃ dɑ̃tɛl〕
蕾絲材質的／
lace

**le soutien-gorge
à armatures**
〔lə sutjɛ̃ɡɔrʒ a armatyːr〕
鋼圈內衣／
underwire
bra

**le soutien-gorge à
bretelles amovibles**
〔lə sutjɛ̃ɡɔrʒ a brətɛl amovibl〕
肩帶可拆卸式內衣／bras with
removable
suspender
straps

pur coton 〔pyːr cɔtɔ̃〕
純棉的／pure cotton

en soie
〔ɑ̃ swa〕
絲質的／silk

le porte-jarretelles
〔lə pɔrtʒartɛl〕
吊襪帶／
garter

**le soutien-gorge sans
armature** 〔lə sutjɛ̃ɡɔrʒ
sɑ̃zarmatyːr〕
無鋼圈內衣／
wireless bra

le string 〔lə striŋ〕
丁字褲／string

la gaine 〔ɡɛn〕束褲／girdle

86

內衣尺寸

尺寸表示	80	85	90	95	100
上/下胸圍	63/67	68/72	73/77	78/82	82/87cm
罩杯表示	A	B	C	D	E
上下胸圍差	13cm	15cm	17cm	19cm	21cm

法國	80A	80B	80C	80D	80E	85A	85B	85C	85D	85E
日本	65A	65B	65C	65D	65E	70A	70B	70C	70D	70E

● 請問我可以試穿嗎？

Est-ce que je peux essayer ça?

la robe Cardin
〔la rɔb kardɛ̃〕
皮爾・卡登
裙裝

le tailleur de tweed de Chanel
〔lə tajœːr d(ə) twid d(ə) ʃanɛl〕
香奈兒花呢套裝

●這是幾年代的（款式）？
C'est de quelle année?

la robe Courrège
〔la rɔb kurɛʒ〕
古瑞吉洋裝

le sac Hermès
〔lə sak ɛrmɛs〕
愛馬仕皮包

la robe Saint-Laurent
〔la rɔb sɛ̃lɔrɑ̃〕
聖羅蘭裙裝

les lunettes de soleil des années soixante
〔le lynɛt d(ə) sɔlɛj dezane swasɑ̃ːt〕
六〇年代的太陽眼鏡

A la boutique de mode de création haute couture

〔a la butik d(ə) mod d(ə) kreasjɔ̃ ot kuty:r〕**在高級時裝店內**

這裡有聖羅蘭、香奈兒、卡地亞……等多種名牌服飾，現在要想穿到設計師本人所設計的作品恐怕不容易了，到了中古服裝店也許可以找得到。愛美的妳，選擇最合適自己的衣服來穿吧！其實這些中古服飾，都是用最上等的布料與縫工製作出來的哦！

la robe des années cinquante
〔la rɔb dezane sɛ̃kɑ̃:t〕
五〇年代裙裝

les accessoires
〔lezakseswa:r〕
配飾／accessories

le foulard 〔lə fula:r〕
絲巾，領巾／scarf

●這款式的設計師是誰呢？
Qui a créé ce modèle?

89

le bébé 〔lə bebe〕
嬰兒用品

la gigoteuse 〔la ʒigɔtø:z〕
嬰兒睡袋／
sleeping bag

la tétine 〔la tetin〕
奶嘴／pacifier

la cuillère bébé
〔la kɥiε:r bebe〕
嬰兒用湯匙／
baby's spoon

le biberon
〔lə bibr〕
奶嘴瓶／
baby's bottle

le hochet 〔lə ɔʃε〕
搖動出聲的玩具／
rattle

la couche
〔la kuʃ〕
尿布／diaper

le sac à langer 〔lə saka lɑ̃ʒe〕
可展開作為更換
寶寶尿布處的袋子／ diaper bag

le bavoir 〔lə bavwa:r〕
（小孩吃飯時用的）
圍兜／bib

la poussette
〔la pusεt〕
嬰幼兒推車／
pushchair

le berceau 〔lə bεrso〕
嬰兒提籃／ child carrier

le berceau 〔lə bεrso〕
嬰兒床，搖籃／cradle

le cheval de bois 〔lə ʃ(ə)val d(ə) bwa〕
木馬／(wooden) rocking horse

90

les vêtements de bébé 〔le vɛtmã d(ə) bebe〕
嬰兒服

les peluches 〔le p(ə)lyʃ〕
絨毛玩具／plush

la grenouillère, le dors-bien
〔la grənuiɛːr, lə dɔrbjɛ̃〕
連身睡衣／baby sleepsuit

l'ours en peluche
〔lursã p(ə)lyʃ〕
絨毛熊／
teddy bear

la souris en peluche
〔la suri ã p(ə)lyʃ〕
絨毛老鼠／
rat plush

la combinaison
〔la kɔ̃binɛzɔ̃〕
連身衣褲
／jumpsuit

le lapin en peluche
〔la lapɛ̃ ã p(ə)lyʃ〕
絨毛兔／rabbit plush

la robe 〔la rɔb〕
連身裙／dress

le T-shirt 〔lə tiʃœrt〕
T 恤／T-shirt

l'ensemble 〔lãsãbl〕
成套服裝／outfit

la casquette 〔la kaskɛt〕
帽子／cap

le bonnet
〔lə bɔnɛ〕便帽(無
邊)／cap

les chaussettes
〔le ʃosɛt〕襪子／
socks

la barboteuse
〔la barbɔtø:z〕
連身開襠褲
／rompers

le cale-bébé
〔lə kal bebe〕嬰兒
固定軟墊／infant
support cushion

les sandales
〔le sãdal〕
涼鞋
／sandal

les chaussures
〔le ʃosy:r〕鞋子／
shoes

les chaussons 〔le ʃosɔ̃〕
(嬰兒用的) 毛線鞋，軟鞋／bootee

※嬰兒服尺寸
在法國，是以年齡與身高來分
衣服尺寸。
● 身高 **la taille** 〔la ta:j〕
● 這個寶寶一個月大了。
Le bébé a un mois.

les vêtements pour enfants
〔le vɛtmɑ̃ pur ɑ̃fɑ̃〕
童裝

la robe 〔la rɔb〕
連身裙／dress

le polo 〔lə pɔlo〕
Polo 衫／polo shirt

le blouson en denim
〔lə bluzɔ̃ ɑ̃ denim〕
牛仔外套 denim jacket

le chemisier 〔lə ʃ(ə)mizje〕
女用襯衫／shirt, blouse

la blouse 〔la bluz〕
罩衫／blouse, smock

le sweat à capuche
〔lə swɛt a kapyʃ〕
連身帽
運動衣
／hooded
sweater

la parka 〔la parka〕
連身帽上衣／parka

la robe sans manche
〔la rɔb sɑ̃ mɑ̃ːʃ〕
無袖連身裙
sleeveless
dress

GoGo!

le jean 〔lə dʒin〕
牛仔褲／jeans

la culotte courte
〔la kylɔt kurt〕
短褲／shorts

le jogging
〔lə dʒɔgiŋ〕
運動服／
jogging suit

la culotte
〔la kylɔt〕
褲子／pants

le bermuda
〔lə bɛrmyda〕
百慕達褲
五分褲
／Bermuda
shorts

la jupe 〔la ʒyp〕
裙子／skirt

la salopette 〔la salɔpɛt〕 吊帶褲／overalls

la casquette 〔la kaskɛt〕
棒球帽／cap

le chapeau en paille
〔lə ʃapo ɑ̃ pa:j〕
草帽／straw hat

les mi-bas
〔le miba〕
長襪／long socks

le chapeau 〔lə ʃapo〕
帽子／hat

les chaus-settes 〔le ʃosɛt〕
襪子／socks

les mi-socquettes tennis
〔le misɔkɛt tenis〕
網球鞋用短襪／trainer socks

les socquettes
〔le sɔkɛt〕
短襪／ankle socks

le pyjama 〔lə piʒama〕
睡衣／pyjamas

le T-shirt 〔lə tiʃœt〕
T恤／T-shirt

le maillot pour garçon
〔lə majo pur garsɔ̃〕
男童泳裝／boy's swimwear

le pantacourt
〔lə pɑ̃taku:r〕
七分褲／cropped trousers

le maillot de bain
〔lə majo d(ə) bɛ̃〕
泳衣／swimming suit

le boxer-short
〔lə bɔksɛrʃɔrt〕
泳褲／swimming trunks

● 有點太小（太大）了。
C'est un peu trop petit (grand).

le garçon 〔lə garsɔ̃〕
男孩／boy

la fille 〔la fij〕
女孩／girl

les sous-vêtements
〔le suvɛtmɑ̃〕
內衣／underwear

la culotte 〔la kylɔt〕
（女用）內褲／panties

le slip 〔lə slip〕
（男用）內褲／briefs

〔le vɛtmɑ̃ pur ɔm〕
男裝

la chemise 〔la ʃ(ə)miːz〕
襯衫／shirt

le costume
〔lə kɔstym〕
西裝／
suit

la chemise de couleur
〔la ʃ(ə)miːz d(ə) kulœːr〕
單色襯衫／
color
shirt

la chemise col à pointes boutonnées
〔la ʃ(ə)miːz kɔl a pwɛ̃t butɔne〕
扣領襯衫／button-down collar shirt

la chemise rayée col blanc 〔la ʃ(ə)miːz ʀɛje kɔl blɑ̃〕
白領條紋襯衫／striped shirt with white collar

la cravate
〔la kravat〕
領帶／
necktie

le nœud papillon 〔lə nø papijɔ̃〕
蝴蝶領結／bow tie

le mouchoir de poche
〔lə muʃwaːr d(ə) pɔʃ〕
手帕／pocket-handkerchief

la cravate d'ascot
〔la kravat dasko〕領巾式領帶／ascot

la montre 〔la mɔ̃ːtr〕
手錶／watch

les chaussures 〔le ʃosyːr〕
鞋子／shoes

les boutons de manchettes
〔le butɔ̃ d(ə) mɑ̃ʃɛt〕
袖釦／cufflink

la ceinture
〔la sɛ̃tyːr〕
皮帶／belt

la veste 〔la vɛst〕
外套／jacket

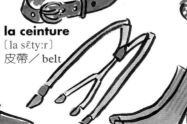

les bretelles 〔le brətɛl〕
吊帶／shoulder straps

**les chaus-
settes**
〔le ʃosɛt〕
襪子／socks

94

● 他的體型跟您差不多，您覺得這個尺寸對嗎？
Il est à peu près comme vous. Vous pensez que c'est la bonne taille?
● 您可以幫我把它包裝成禮物嗎？ **Pouvez-vous me faire un paquet cadeau?**

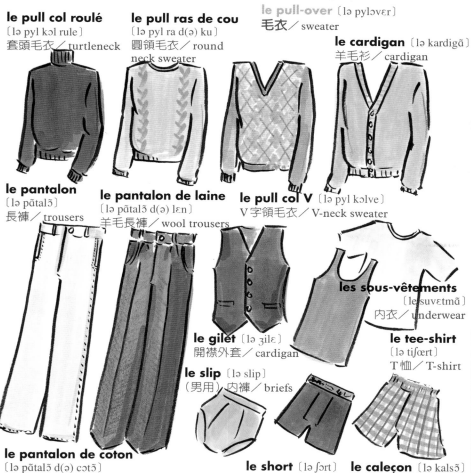

le pull-over 〔lə pylɔvɛr〕
毛衣／sweater

le pull col roulé
〔lə pyl kɔl rule〕
套頭毛衣／turtleneck

le pull ras de cou
〔lə pyl ra d(ə) ku〕
圓領毛衣／round neck sweater

le cardigan 〔lə kardigɑ̃〕
羊毛衫／cardigan

le pantalon
〔lə pɑ̃talɔ̃〕
長褲／trousers

le pantalon de laine
〔lə pɑ̃talɔ̃ d(ə) lɛn〕
羊毛長褲／wool trousers

le pull col V 〔lə pyl kɔlve〕
V字領毛衣／V-neck sweater

les sous-vêtements
〔leˌsuvɛtmɑ̃〕
內衣／underwear

le gilet 〔lə ʒilɛ〕
開襟外套／cardigan

le tee-shirt
〔lə tiʃœrt〕
T恤／T-shirt

le slip 〔lə slip〕
（男用）內褲／briefs

le pantalon de coton
〔lə pɑ̃talɔ̃ d(ə) cɔtɔ̃〕
棉質長褲／cotton trousers

le short 〔lə ʃɔrt〕
運動內褲／boxer shorts

le caleçon 〔lə kalsɔ̃〕
襯褲／boxers

■男裝

95

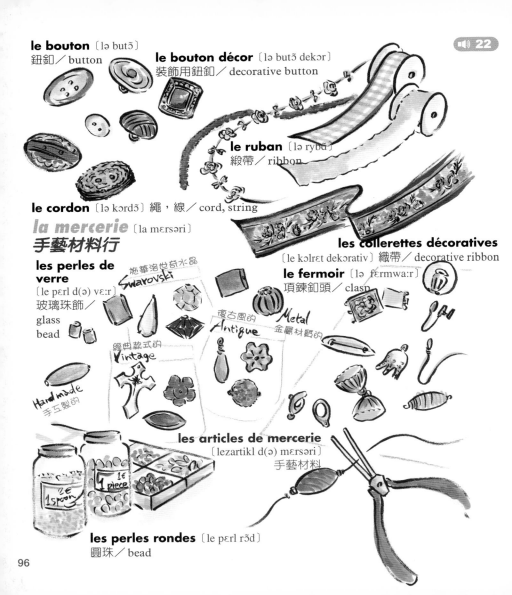

le bouton 〔lə butɔ̃〕
鈕釦／button

le bouton décor 〔lə butɔ̃ dekɔr〕
裝飾用鈕釦／decorative button

le ruban 〔lə rybɑ̃〕
緞帶／ribbon

le cordon 〔lə kɔrdɔ̃〕 繩，線／cord, string

la mercerie 〔la mɛrsəri〕
手藝材料行

les collerettes décoratives
〔le kɔlrɛt dekɔrativ〕織帶／decorative ribbon

les perles de verre
〔le pɛrl d(ə) vɛ:r〕
玻璃珠飾／
glass bead

施華洛世奇水晶
Swarovski

復古風的
Antique

Metal
金屬材質的

經典款式的
Vintage

Hand made
手工製的

le fermoir 〔lə fɛrmwa:r〕
項鍊釦頭／clasp

les articles de mercerie
〔lezartikl d(ə) mɛrsəri〕
手藝材料

2€
1spoon

1€
1 piece

les perles rondes 〔le pɛrl rɔ̃d〕
圓珠／bead

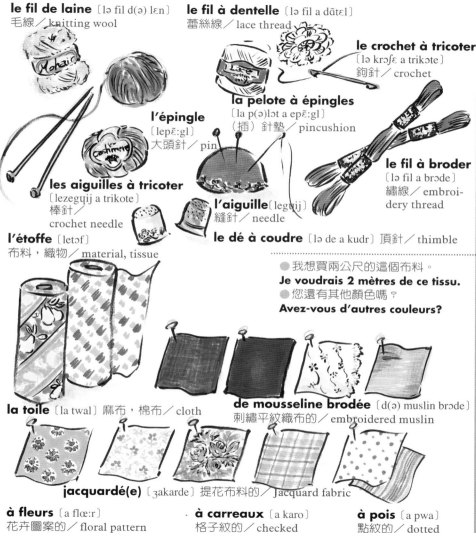

le fil de laine 〔lə fil d(ə) lɛn〕
毛線／knitting wool

le fil à dentelle 〔lə fil a dɑ̃tɛl〕
蕾絲線／lace thread

le crochet à tricoter
〔lə krɔʃɛ a trikɔte〕
鉤針／crochet

la pelote à épingles
〔la p(ə)lɔt a epɛ̃:gl〕
（插）針墊／pincushion

l'épingle
〔lepɛ̃:gl〕
大頭針／pin

le fil à broder
〔lə fil a brɔde〕
繡線／embroidery thread

les aiguilles à tricoter
〔lezegɥij a trikɔte〕
棒針／crochet needle

l'aiguille〔legɥij〕
縫針／needle

l'étoffe〔letɔf〕
布料，織物／material, tissue

le dé à coudre〔lə de a kudr〕頂針／thimble

● 我想買兩公尺的這個布料。
Je voudrais 2 mètres de ce tissu.
● 您還有其他顏色嗎？
Avez-vous d'autres couleurs?

la toile〔la twal〕麻布，棉布／cloth

de mousseline brodée〔d(ə) muslin brɔde〕
刺繡平紋織布的／embroidered muslin

jacquardé(e)〔ʒakarde〕提花布料的／Jacquard fabric

à fleurs〔a flœ:r〕
花卉圖案的／floral pattern

à carreaux〔a karo〕
格子紋的／checked

à pois〔a pwa〕
點紋的／dotted

la broderie sur commande
〔la brɔdri syr kɔmã:d〕
訂製刺繡

● 我選擇這個款式做為刺繡圖案。
Pour la broderie, je choisis ce motif.

le sachet 〔lə saʃɛ〕
小袋子／sachet

le motif de fleurs brodées
〔lə mɔtif d(ə) flœ:r brɔde〕
刺繡花的圖案／embroidered floral pattern

le chapeau en tissu
〔lə ʃapo ã tisy〕
布帽／fabric hat

● 請問什麼時候可以完成？
Quand est-ce qu'il sera fini?
● 我不能親自來取貨，能否請您郵寄至台灣呢？

Je ne peux pas venir le chercher. Pouvez-vous l'envoyer à Taiwan?

le sac à main en tissu 〔lə saka mɛ̃ ã tisy〕
布製手提包／fabric handbag

le tissu imprimé à motifs de fleurs
〔lə tisy ɛ̃prime a mɔtif d(ə) flœ:r〕
印花布／floral print tissue

le corsage 〔lə kɔrsa:ʒ〕
（假人模特兒）女性上半身／dummy

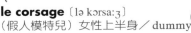

les sacs sur commande 〔lə sak syr kɔmã:d〕
訂製提包

le cabas
〔lə kaba〕
（大型）手提包／
tote bag

Black
Brown
Wine

en cuir 〔ã kɥi:r〕
皮製的／leather

le sac bandoulière
〔lə sak bãduljε:r〕
側背包／shoulder bag

● 這是設計圖樣。
Voici le dessin.
● 我想選擇料子。
Je voudrais choisir les matières.
● 我要這個料子。
Je prends cette matière.

歐洲有各式各樣專門
手工訂製店，試試看
訂製一個獨一無二的
商品吧！

le collier pour chien
〔lə kɔlje pur ʃjε〕
狗項圈／dog collar

une applique à motif de chien
〔ynaplik a mɔtif d(ə) ʃjε〕
鑲飾狗項圈／decorative dog collar

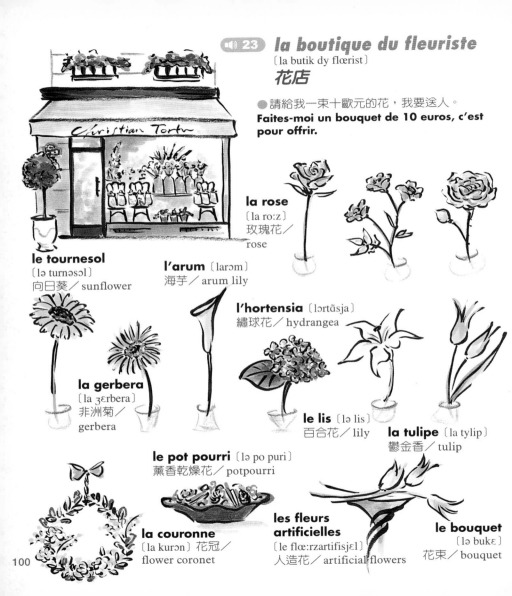

〔la butik dy flœrist〕
花店

●請給我一束十歐元的花，我要送人。
Faites-moi un bouquet de 10 euros, c'est pour offrir.

la rose
〔la ro:z〕
玫瑰花／
rose

le tournesol
〔lə turnəsɔl〕
向日葵／sunflower

l'arum 〔larɔm〕
海芋／arum lily

l'hortensia 〔lɔrtɑ̃sja〕
繡球花／hydrangea

la gerbera
〔la ʒɛrbera〕
非洲菊／
gerbera

le lis 〔lə lis〕
百合花／lily

la tulipe 〔la tylip〕
鬱金香／tulip

le pot pourri 〔lə po puri〕
薰香乾燥花／potpourri

la couronne
〔la kurɔn〕花冠／
flower coronet

les fleurs artificielles
〔le flœ:rzartifisjɛl〕
人造花／artificial flowers

le bouquet
〔lə bukɛ〕
花束／bouquet

100

Vous avez ~? 〔vuzave〕您有 ~ 嗎？ ● **Je prends ça** 我買這個。

le vase 〔lə va:z〕花瓶／vase

les bulbes
〔le bylb〕
球莖／bulb

le vase en verre
〔lə va:zã vɛ:r〕
玻璃花瓶／glass vase

les outils de jardinage
〔lezuti d(ə) ʒardina:ʒ〕
園藝工具／
garden tools

les graines
〔le grɛn〕
種子／seed

les gants de jardinier
〔le gã d(ə) ʒardinje〕
園藝用手套／gardening gloves

les bottes
〔le bɔt〕
靴子／boots

les ciseaux de jardinier 〔le sizo d(ə) ʒardinje〕
園藝用剪刀／scissors for gardening

le seau
〔lə so〕
水桶／
bucket

le vaporisateur
〔lə vapɔrizatœ:r〕
噴霧器／
sprayer

le pot 〔lə po〕
花缽／plant pot

le vase mural
〔lə va:z myral〕
壁用花器／wall vase

le pot en terre cuite 〔lə po ã tɛ:r〕
瓦盆／crock

le cache-pot
〔lə kaʃpo〕花盆／
flower-pot holder

l'arrosoir 〔larozwa:r〕
澆花器／watering can

101

 **24** *les meubles & les articles de décoration*
〔le mœbl e lezartikl d(ə) dekɔrasjɔ̃〕
傢俱與傢飾品

le lampadaire 〔lə lɑ̃padɛ:r〕
落地燈／floor lamp

le téléviseur 〔lə televizœ:r〕
電視機／television

le pot 〔lə po〕
花缽／plant pot

l'étagère 〔letaʒɛ:r〕
置物層架／rack

Le meuble audio／vidéo
〔lə mœbl odjə／vidɛɔ〕
電視櫃／audiovisual furniture

le coussin 〔lə kusɛ̃〕
椅墊／cushion

le canapé 〔lə kanape〕
沙發椅／sofa

●您可以將此商品以最便宜的方式（海運）
寄出嗎？
**Pouvez-vous expédier la marchan-
dise par un moyen économique
(par bateau)?**
●能麻煩您仔細包裝它嗎？
**Pouvez-vous l'emballer
soigneusement?**

le repose-pied
〔lə r(ə)pozpje〕
腳凳／
footstool

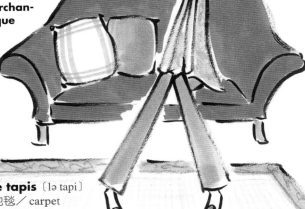

le tapis 〔lə tapi〕
地毯／carpet

la table ronde
〔la tabl rɔ̃d〕
圓桌／round table

le guéridon 〔lə geridɔ̃〕
單腳小圓桌／
pedestal
table

la table 〔la tabl〕
桌子／table

la chaise empilable
〔la ʃɛ:zɑ̃pilabl〕
可層疊起的椅子／stacking
chair

le fauteuil
〔lə fotœj〕
扶手椅／arm-
chair

le tabouret
〔lə taburɛ〕
凳子／
stool

le fauteuil en cuir
〔lə fotœj ɑ̃ kɥi:r〕
皮椅／leather armchair

la chaise en canne de rotin
〔la ʃɛ:zɑ̃ kan d(ə) rɔtɛ̃〕
籐椅／
rattan
chair

**la chaise de fer
forgé** 〔la ʃɛ:z d(ə)fɛ:r
forʒe〕
鐵椅／
wrought
iron
chair

la chaise en bois
〔la ʃɛ:zɑ̃ bwa〕
木椅／wooden chair

l'armoire
〔larmwa:r〕
衣櫥／wardrobe

la commode
〔lə kɔmɔd〕
五斗櫃／chifonier

la console 〔la kɔ̃sɔl〕
落地櫃／
console

le lit 〔lə li〕
床舖／bed

la table roulante 〔la tabl rulɑ̃t〕附輪桌／rolling table

103

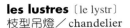

les lustres 〔le lystr〕
枝型吊燈／chandelier

le thermomètre
〔lə tɛrmɔmɛtr〕
溫度表／thermometer

l'horloge
〔lɔrlɔːʒ〕
時鐘／clock

le plateau à stylos
〔lə plato a stilo〕
置筆盤／pen tray

la lampe de bureau
〔la lɑ̃p d(ə) byro〕
桌燈／table lamp

la pince à cartes à poser
〔la pɛ̃ːs a kart a poze〕
名片夾，memo 夾／memo holder

le cadre à poser 〔lə kaːdr a poze〕
相框／frame

l'étagère CD
〔letaʒɛːr sede〕
CD 架／CD rack

le serre-livres 〔lə sɛrliːvr〕
書擋，書立／bookend

104

l'huile essentielle 〔lyil esãsjɛl〕
精油／essential oil

le diffuseur de parfum
〔lə difyzœːr d(ə) parfœ̃〕
擴香器／essential oil diffuser

la boîte en fer-blanc
〔la bwatã fɛrblã〕
錫罐／tin can

la bougie 〔la buʒi〕
蠟燭／candle

le bougeoir 〔lə buʒwaːr〕
燭台／candle-holder

le porte-revues 〔lə pɔrtər(ə)vy〕
雜誌架／magazine rack

**la boîte de rangement
habillée de tissu**
〔la bwat d(ə) rãʒmã abije d(ə) tisy〕
布製收納箱／fabric storage box

le classeur à poser
〔lə klasœːr a poze〕
文件盒／magazine file

**le couvre-boîte de papier
mouchoir**
〔lə kuvrəbwat d(ə) papje muʃwaːr〕
面紙盒／tissue box

la boîte à chapeau
〔la bwata ʃapo〕
帽子收納盒／hat box

la boîte à ranger
〔la bwata rãʒe〕
收納箱／storage box

la boîte ronde 〔la bwat rɔ̃d〕
圓型收納盒／round storage box

le pot à café 〔lə po a kafe〕
咖啡罐／coffee jar

le verre à bière 〔lə vɛːr a bjɛːr〕 啤酒杯／beer glass
le verre à vin 〔lə vɛːr a vɛ̃〕 酒杯／wine glass
le pot à épices 〔lə po a epis〕 調味罐／spice jar

le pot à farine
〔lə po a farin〕
麵粉罐／flour jar

le gobelet
〔lə gɔblɛ〕
平底無腳杯／
tumbler

le pot à sucre
〔lə po a sykr〕
糖罐／sugar jar

la bouteille en verre 〔la butɛj ã vɛːr〕
玻璃瓶／glass bottle

la coupe à glace
〔la kupa glas〕
冰淇淋碗／ice
cream cup

le verre 〔lə vɛːr〕
玻璃杯／glass

le dessous de verre
〔lə d(ə)su d(ə) vɛːr〕
杯墊／coaster

le pichet 〔lə piʃɛ〕
有柄小口壺／pitcher

le bocal avec bouchon en liège
〔lə bɔkal avɛk buʃɔ̃ ã ljɛːʒ〕
軟木塞瓶／bottle (with cork), wine bottle

le coquetier 〔lə kɔktje〕
蛋杯／egg cup

la carafe 〔la karaf〕
（長頸大肚）水瓶／
carafe

le sucrier 〔lə sykrije〕
（小）糖罐／sugar bowl

le crémier 〔lə kremje〕
奶精罐／creamer

le porte-couteau 〔lə pɔrtkuto〕
刀架／knife rest

le porte-toasts 〔lə pɔrttoːst〕
吐司架／toast rack

le set de table 〔lə sɛt d(ə) tabl〕
餐墊／placemat

le cache-théière 〔lə kaʃtejɛːr〕
茶壺保溫套／tea cosy

le range-couverts
〔lə rãʒkuvɛːr〕
餐具收納盒／
cutlery box

le porte-tasses
〔lə pɔrttas〕
咖啡杯架／mug tree

la balance
〔la balãs〕
秤／scales

le dessous de plat 〔lə d(ə)su d(ə) pla〕
隔熱墊／hot pad

le panier en rotin
〔lə panje ã rɔtɛ̃〕
籐籃／rattan basket

le plateau en bois
〔lə plato ã bwa〕
木製托盤／
wooden
tray

le panier en fil de fer
〔lə panje ã fil d(ə) fɛːr〕
鐵籃／wire basket

l'étagère à épices
〔letaʒɛːr a epis〕
調味罐架／spice rack

le plateau en rotin
〔lə plato ã rɔtɛ̃〕
籐製托盤／rattan tray

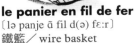

01.carreaux 〔karo〕格子紋的／checked
02.l'assiette dessert 〔lasjɛt desɛ:r〕點心盤／
dessert plate
03.le plat ovale 〔lə pla ɔval〕橢圓形盤／
oval plate
04.le plat rond 〔lə pla rɔ̃〕圓盤／round plate
05.le bol à café 〔lə bɔla kafe〕咖啡缽／coffee bowl
06.le gobelet 〔lə gɔblɛ〕平底無腳杯／tumbler
07.les tasses et soucoupes à café
〔le tas e sukup a kafe〕咖啡杯與杯盤／
coffee cup & saucer
08.les tasses et soucoupes à thé
〔le tas e sukup a te〕茶杯與杯盤／tea cup &saucer
09.les tasses et soucoupes à expresso
〔le tas e sukup a ɛksprɛso〕義式咖啡杯與杯盤／
Espresso cup & saucer
10.la chope 〔la ʃɔp〕馬克杯／mug
11.la cafetière 〔la kaftjɛ:r〕咖啡壺／coffee pot
12.la théière 〔la tejɛ:r〕茶壺／teapot
13.la cafetière en émail
〔la kaftjɛ:r ãnemaj〕琺瑯瓷咖啡壺／
enameled coffee pot
14.le pot à eau 〔lə po a o〕水壺／water pitcher
15.en émail 〔ãnemaj〕琺瑯瓷材質／enameled
16.la coupe 〔la kup〕高腳（香檳）
酒杯／goblet
17.le saladier en verre
〔lə saladje ã vɛ:r〕玻璃沙拉
碗／salad bowl
18.le saladier conique
〔lə saladje kɔnik〕圓錐
形碗／conical salad bowl
19.le moule à tarte
〔lə mula tart〕水果塔模
具／tart pan

le cendrier 〔lə sãdrije〕
煙灰缸／ashtray

26

les ustensiles de cuisine

〔lezystɑ̃sil d(ə) kɥizin〕廚房用具

le rack avec crochets〔lə rak avɛk krɔʃɛ〕壁掛桿與掛鉤／wall rack and s-hooks

l'écumoire〔lekymwa:r〕漏勺／skimmer

la louche〔la luʃ〕長柄湯勺／dipper

le fouet〔lə fwɛ〕攪拌器／whisk

la poêle〔la pwal〕平底鍋／frying pan

le chinois〔lə ʃinwa〕漏斗／strainer, chinois

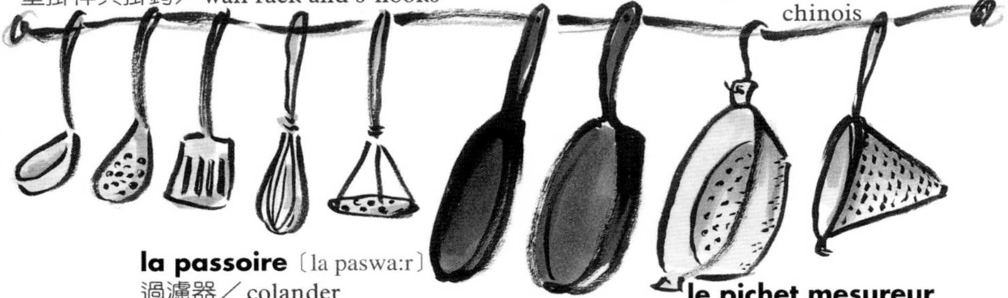

la passoire〔la paswa:r〕過濾器／colander

le pichet mesureur〔lə piʃɛ m(ə)zyrœ:r〕量杯／measuring cup

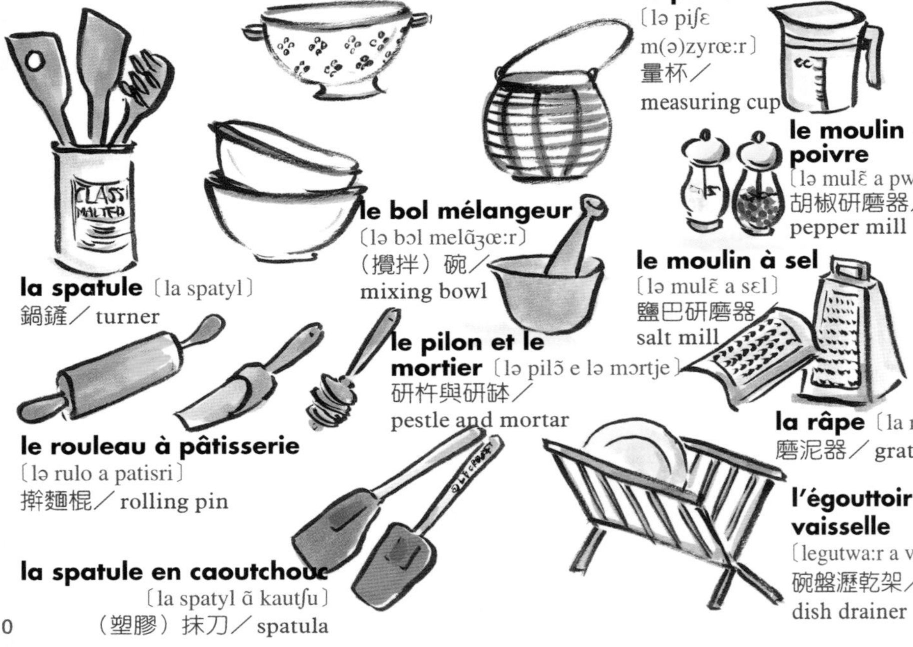

le moulin à poivre〔lə mulɛ̃ a pwa:vr〕胡椒研磨器／pepper mill

le bol mélangeur〔lə bɔl melɑ̃ʒœ:r〕（攪拌）碗／mixing bowl

la spatule〔la spatyl〕鍋鏟／turner

le moulin à sel〔lə mulɛ̃ a sɛl〕鹽巴研磨器／salt mill

le pilon et le mortier〔lə pilɔ̃ e lə mɔrtje〕研杵與研缽／pestle and mortar

la râpe〔la ra:p〕磨泥器／grater

le rouleau à pâtisserie〔lə rulo a patisri〕擀麵棍／rolling pin

l'égouttoir à vaisselle〔legutwa:r a vɛsɛl〕碗盤瀝乾架／dish drainer

la spatule en caoutchouc〔la spatyl ɑ̃ kautʃu〕（塑膠）抹刀／spatula

l'éplucheur 〔leplyʃœːr〕
削皮刀／paring knife

la bouilloire
〔la bujwaːr〕
水壺／kettle

la casserole
〔la kasrɔl〕
單柄鍋／saucepan

le couteau de cuisine 〔lə kuto d(ə) kɥizin〕
料理用刀／cook's knife

le couteau de boucher 〔lə kuto d(ə) buʃe〕
切肉刀／cleaver

le couteau d'office 〔lə kuto dɔfis〕
（小型）萬用刀／utility knife

la planche
〔la plãʃ〕
砧板／
cutting
board

le faitout 〔lə fɛtu〕
深鍋／stockpot

la cocotte
〔la kɔkɔt〕
燉鍋／casserole

la poissonnière
〔la pwasɔnjɛːr〕
魚用鍋／fish poacher

la casserole 20cm
〔la kasrɔl vɛ̃ sãtimɛtr〕

20㎝單柄鍋／7 ¾" saucepan

la manique
〔la manik〕
隔熱手套／
oven mitt

le torchon 〔lə tɔrʃɔ〕
拭布／dish towel

le diamètre 〔lə djamɛtr〕
直徑／diameter

la hauteur 〔la otœːr〕
高度／height

la largeur 〔la larʒœːr〕
寬度／width

la profondeur
〔la prɔfɔ̃dœːr〕
深度／depth

l'essuie-tout 〔lesɥitu〕
廚房紙巾／kitchen roll

la cafetière électrique 〔la kaftjɛːr elɛktrik〕
電動咖啡沖泡機／electric coffee maker

le four à micro-ondes 〔lə fu:r a mikrɔ̃:d〕微波爐／microwave oven

le réfrigérateur 〔lə refriʒeratœ:r〕電冰箱／refrigera-tor

le four 〔lə fu:r〕烤箱／oven

le détergent 〔detɛrʒɑ̃〕清碗精／dishwashing detergent

la poudre à récurer 〔la pudr a rekyre〕拋光粉／putty powder

le lave-vaisselle 〔lə lavvɛsɛl〕洗碗機／dishwasher

la brosse 〔la brɔs〕刷子／brush

la lessive 〔la lesi:v〕洗衣精／(clothing) detergent

l'assouplissant 〔lasuplisɑ̃〕衣物柔軟精／softener

l'éponge 〔lepɔ̃:ʒ〕海棉／sponge

la brosse à chiendent 〔la brɔs a ʃjɛ̃dɑ̃〕鬃刷／scrubbing brush

la machine à laver 〔la maʃina lave〕洗衣機／washing machine

l'aspirateur 〔laspiratœ:r〕吸塵器／vacuum cleaner

112

l'électroménager & les ustensiles de ménage

〔lelɛktrɔmenaʒe e lezystãsil d(ə) mena:ʒ〕

家電用品與清掃用具

● 您可以跟我解釋該如何使用這台機器嗎？

Pouvez-vous m'expliquer comment marche cette machine?

長途旅行常會用到投幣式洗衣機，洗衣機上的說明與國內不同，請特別注意！

● **la dose** 〔la do:z〕
劑量／dose

● **la température**
〔la tãperaty:r〕
水溫／temperature

● **à basse température**
〔a ba:s tãperaty:r〕
低溫的／low-temperature

● **à haute température**
〔a ot tãperaty:r〕
高溫的／high-temperature

● **le blanc** 〔lə blã〕
（白色）棉織物類／white cotton fabric

● **les couleurs**
〔le kulœ:r〕
彩色衣物類／colorful clothes

● **le prélavage**
〔lə prelava:ʒ〕
預洗／prewash

● **l'essorage** 〔lesɔra:ʒ〕
脫水／spin-drying

● **le séchage** 〔lə seʃa:ʒ〕
烘乾（效果）／drying

l'essuie-tout
〔lesɥitu〕
廚房紙巾／kitchen roll

le tablier 〔lə tablie〕
圍裙／apron

la serpillière
〔la sɛrpijɛ:r〕
拖把／mop

le plumeau
〔lə plymo〕
雞毛撢子／feather duster

le balai
〔lə balɛ〕
掃帚／broom

la pelle à poussière
〔la pɛl a pusjɛ:r〕
畚箕／dustpan

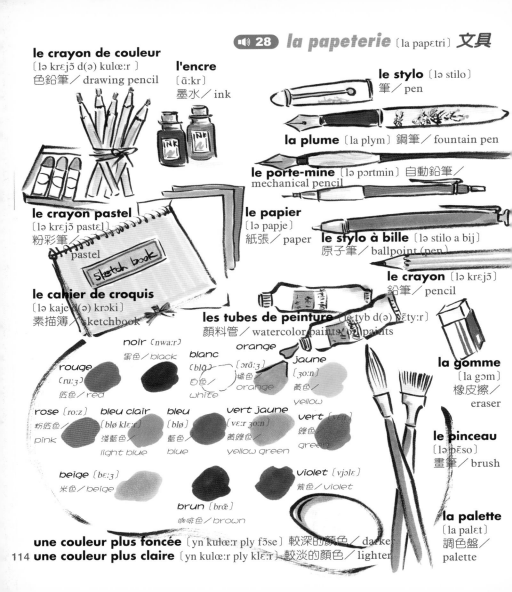

le crayon de couleur
〔lə krɛjõ d(ə) kulœ:r〕
色鉛筆／drawing pencil

l'encre
〔ã:kr〕
墨水／ink

le stylo 〔lə stilo〕
筆／pen

la plume 〔la plym〕 鋼筆／fountain pen

le porte-mine 〔lə pɔrtmin〕 自動鉛筆／
mechanical pencil

le crayon pastel
〔lə krɛjõ pastɛl〕
粉彩筆／pastel

le papier
〔lə papje〕
紙張／paper

le stylo à bille 〔lə stilo a bij〕
原子筆／ballpoint (pen)

Sketch book

le cahier de croquis
〔lə kaje d(ə) krɔki〕
素描簿／sketchbook

le crayon 〔lə krɛjõ〕
鉛筆／pencil

les tubes de peinture 〔le tyb d(ə) pɛ̃ty:r〕
顏料管／watercolor paints, oil paints

la gomme
〔la gɔm〕
橡皮擦／
eraser

noir 〔nwa:r〕
黑色／black

orange
〔ɔrã:ʒ〕
橘色／
orange

blanc
〔blã〕
白色／
white

jaune
〔ʒo:n〕
黃色／
yellow

rouge
〔ru:ʒ〕
紅色／red

rose 〔ro:z〕
粉紅色／
pink

bleu clair
〔blø klɛ:r〕
淺藍色／
light blue

bleu
〔blø〕
藍色／
blue

vert jaune
〔vɛ:r ʒo:n〕
黃綠色／
yellow green

vert 〔vɛr〕
綠色／
green

le pinceau
〔lə pɛ̃so〕
畫筆／brush

beige 〔bɛ:ʒ〕
米色／beige

violet 〔vjɔlɛ〕
紫色／violet

brun 〔brœ̃〕
咖啡色／brown

la palette
〔la palɛt〕
調色盤／
palette

une couleur plus foncée 〔yn kulœ:r ply fõse〕 較深的顏色／darker
114 **une couleur plus claire** 〔yn kulœ:r ply klɛ:r〕 較淡的顏色／lighter

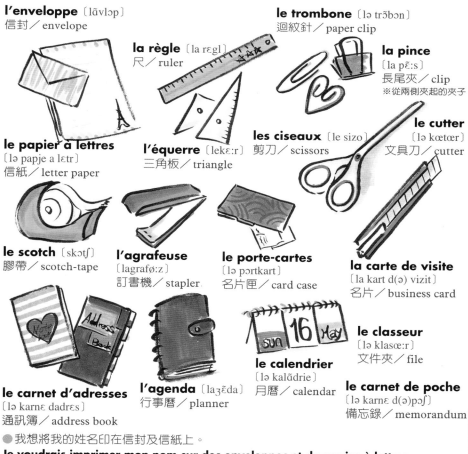

l'enveloppe 〔lãvlɔp〕
信封／envelope

le trombone 〔lə trɔ̃bɔn〕
迴紋針／paper clip

la règle 〔la rɛgl〕
尺／ruler

la pince
〔la pɛ̃:s〕
長尾夾／clip
※從兩側夾起的夾子

le papier à lettres
〔lə papje a lɛtr〕
信紙／letter paper

l'équerre 〔lekɛ:r〕
三角板／triangle

les ciseaux 〔le sizo〕
剪刀／scissors

le cutter
〔lə kœtœr〕
文具刀／cutter

le scotch 〔skɔtʃ〕
膠帶／scotch-tape

l'agrafeuse
〔lagrafø:z〕
訂書機／stapler

le porte-cartes
〔lə pɔrtkart〕
名片匣／card case

la carte de visite
〔la kart d(ə) vizit〕
名片／business card

le classeur
〔lə klasœ:r〕
文件夾／file

le calendrier
〔lə kalãdrie〕
月曆／calendar

le carnet d'adresses
〔lə karnɛ dadrɛs〕
通訊簿／address book

l'agenda 〔laʒɛ̃da〕
行事曆／planner

le carnet de poche
〔lə karnɛ d(ə)pɔʃ〕
備忘錄／memorandum

● 我想將我的姓名印在信封及信紙上。
Je voudrais imprimer mon nom sur des enveloppes et du papier à lettres.
● 請問你們的紙張種類就只有這些嗎？
Est-ce que c'est tout ce que vous avez comme variété de papier?
● 我選這種紙張、這個樣式、顏色和這種字體。
Je vais prendre ce papier, ce modèle, cette couleur et ce caractère.
● 您需要多少時間做呢？ **Il vous faut combien de temps?**

le CD 〔lə sede〕
CD／CD

le livre d'images
〔lə li:vr dima:ʒ〕
繪本，圖書／artbook

le livre de cuisine
〔lə li:vr d(ə) kɥizin〕
食譜／cookbook

le roman 〔lə rɔmɑ̃〕
小說／novel

le récit de voyage
〔lə resi d(ə) vwaja:ʒ〕
遊記／travelogue

l'essai 〔lesɛ〕
評論，隨筆／essay

le magazine
〔lə magazin〕
雜誌／magazine

●我要找法國流行歌手的唱片，您推薦我哪張呢？
Je cherche des CD de chanteurs populaires en France.
Qu'est-ce que vous me recommandez?

●我喜歡我們現在聽到的這個旋律。請問我們在哪一張唱片
裡可以找到這首歌呢？
J'aime bien la musique qu'on entend en ce moment.
Dans quel CD on trouve cette chanson?

le guide 〔lə gid〕
旅行指南／tour guide

■攝影集（食譜、時尚書籍、室內佈置書籍、建築書籍）區在哪裡？

Où est le rayon des livres de photos (de cuisine, de mode, de décoration, d'architecture)?

■請問這裡有○○的專門書店嗎？

Est-ce qu'il y a une librairie spécialisée en OO?

■我們怎麼去呢？

Comment peut-on y aller?

■您可以把店名寫下來給我嗎？您可以把書店名字跟地址寫下來給我嗎？

Pourriez-vous m'écrire le nom? Pourriez-vous m'écrire le nom et l'adresse de la librairie?

le magasin de sports 🔊 30
〔lə magazɛ̃ d(ə) spɔːrt〕

運動器材店

la bicyclette 〔la bisiklɛt〕
自行車／bicycle

la selle 〔la sɛl〕
車座／saddle

le frein 〔lə frɛ̃〕
煞車／brake

le guidon
〔lə gidɔ̃〕
車把／handlebar

la raquette de tennis
〔la rakɛt d(ə) tenis〕
網球拍／tennis racket

le vêtement de tennis
〔lə vɛtmɑ̃ d(ə) tenis〕
網球裝／tennis suit

la balle de tennis
〔la bal d(ə) tenis〕
網球／tennis ball

les skis 〔le ski〕
滑雪板／skis

le maillot de bain pour femme
〔lə majo d(ə) bɛ̃ pur fam〕
女性泳裝／women's swimming suit

le pneu
〔lə pnø〕
輪胎／tire

l'èquipement de ski
〔lekipmɑ̃ d(ə) ski〕
滑雪裝備／ski equipment

le maillot 1 pièce
〔lə majo yn pjɛs〕
連身式泳裝／1 piece tank

les moufles
〔le mufl〕
手套／mittens

les bâtons de ski
〔le bat d(ə)ski〕
滑雪杖／ski poles

le maillot 2 pièces
〔lə majo dø pjɛs〕
兩件式泳裝／bikini

le sac de golf 〔lə sak d(ə) gɔlf〕
高爾夫球袋／golf bag

la crosse 〔la krɔs〕
高爾夫球桿／club

les chaussures de ski
〔le ʃosyːr d(ə) ski〕
滑雪鞋／ski shoes

le maillot de bain pour homme
〔lə majo d(ə) bɛ̃ pur ɔm〕
男性泳裝／men's swimming suit

●您可以幫輪胎充氣嗎？

118 **Pouvez-vous gonfler des pneus?**

■請問這附近有健身房嗎？
Est-ce qu'il y a un club de sport près d'ici?

■ **La station de ski** 〔la stasjɔ̃ d(ə) ski〕滑雪場／ski resort
■ **La piste de ski** 〔la pist d(ə) ski〕滑雪道／ski track
■ **La planche à roulettes** 〔la plɑ̃ʃa rulɛt〕滑板／skateboard
■ **Les patins à roulettes** 〔le patɛ̃ a rulɛt〕輪鞋／roller-skates

119

Je voudrais un shampooing, s'il vous plaît.
我想要洗頭髮。

Je voudrais un brushing, s'il vous plaît.
我想要整髮。

Au salon de coiffure
〔o salɔ̃ d(ə) kwafy:r〕
美髮沙龍裡

Je voudrais une coupe, s'il vous plaît.
我想剪頭髮。

Est-ce que vous pouvez me faire un shampooing colorant?
請問您可以幫我染頭髮嗎？

French color!

Je voudrais une permanente, s'il vous plaît.
我想燙頭髮。

● **Faites-moi une coiffure à la mode, s'il vous plaît.**
請幫我設計一款最時髦的髮型。

● **Un shampooing et un brushing, s'il vous plaît.**
我想要洗頭並整髮。

● **une couleur à la mode**
〔yn kulœ:r a la mɔd〕
流行的髮色／fashionable color

● **Pas trop court**〔pa trɔ ku:r〕
不要太短／not too short

Les soins des ongles des mains 〔le swɛ̃ dezɔ̃:gl de mɛ̃〕
指甲的保養護理

●請幫我塗上顏色與我衣服相配的指甲油。
Prenez un vernis qui aille avec la couleur de mes vêtements.

Faites-moi les ongles de pieds, s'il vous plaît.
請幫我修腳趾甲。

●請幫我塗紅色指甲油。
Mettez-moi du vernis rouge, s'il vous plaît.

Faites-moi la manucure, s'il vous plaît.
請幫我修指甲。

Au salon de beauté
〔o salɔ̃ dɛstetik〕
護膚中心裡

●請幫我做有日曬後效果的臉部保養。
Je voudrais des soins du visage avec autobronzage, s'il vous plaît.

les soins du corps 〔le swɛ̃ dy kɔ:r〕
身體的保養護理／ body care

les soins du visage
〔le swɛ̃ dy viza:ʒ〕
臉部的保養護理／
facial skin care

●我要做身體保養。
Je voudrais des soins corporels.

121

Part 4......法國救急資訊站

提供法國當地實用便利資訊—

●藥品 ●時間 ●季節 ●貨幣 ●購票 ●數字 ●生病…等。

🔊 32 *La pharmacie* 〔la farmasi〕

藥局・藥妝店／pharmacy, drugstore

le médicament contre la migraine 〔lə medikamɑ̃ kɔ̃tr la migrɛn〕
頭痛藥／headache medicine

le médicament contre le rhume 〔lə medikamɑ̃ kɔ̃tr lə rym〕
感冒藥／cold medicine

le thermomètre médical 〔lə tɛrmɔmɛtr medikal〕
體溫計／thermometer

l'onguent 〔lɔ̃gɑ̃〕
軟膏／ointment

le médicament contre les maux d'estomac 〔lə medikamɑ̃ kɔ̃tr le mo destɔma〕
止腹痛藥，胃藥／stomach medicine

le pansement adhésif 〔lə pɑ̃smɑ̃ adezif〕
OK繃／Band-aid

le collyre 〔lə kɔli:r〕
眼藥水／eyedrops

les couches 〔le kuʃ〕尿布／diapers

les changes complets 〔le ʃɑ̃:ʒ kɔ̃plɛ〕
紙尿褲／disposable diapers

la serviette hygiénique 〔la sɛrvjɛt iʒjenik〕
衛生棉／sanitary napkin

le tampon 〔lə tɑ̃pɔ̃〕
衛生棉條／tampon

la brosse à dents 〔la brɔsa dɑ̃〕
牙刷／toothbrush

le dentifrice 〔lə dɑ̃tifris〕牙膏／toothpaste

le kleenex 〔lə klinɛks〕
面紙／facial tissue, Kleenex

le cataplasme 〔lə kataplasm〕
（溼）貼布／poultice

le savon 〔lə savɔ̃〕
肥皂／soap

le préservatif 〔lə prezɛrvatif〕
保險套／condom

le gel purifiant visage 〔lə ʒɛl pyrifjɑ̃ viza:ʒ〕
124 臉部潔膚凝膠／facial purifying gel

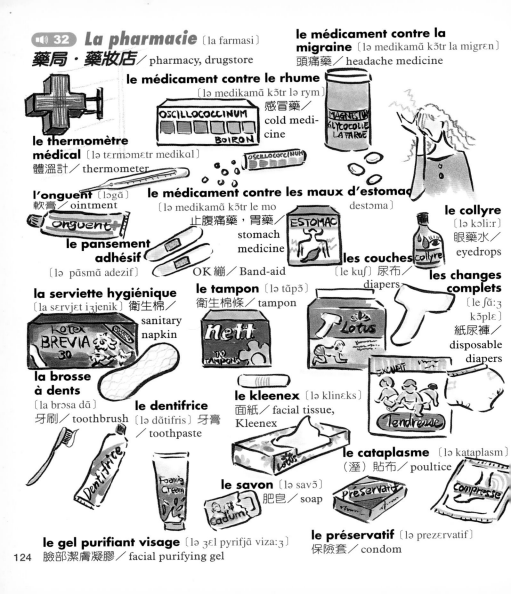

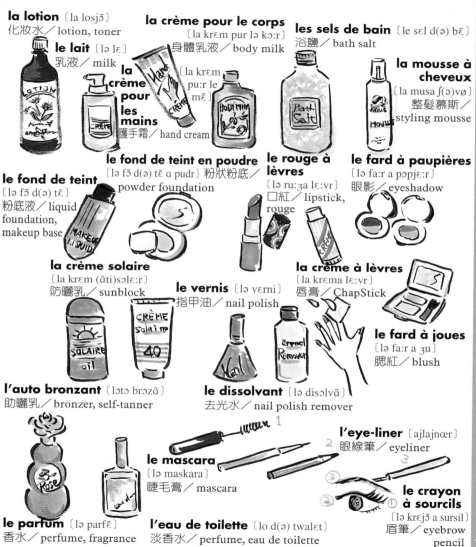

la lotion 〔la losjɔ̃〕
化妝水／ lotion, toner

le lait 〔lə lɛ〕
乳液／ milk

la crème pour le corps
〔la krɛm pur lə kɔ:r〕
身體乳液／ body milk

les sels de bain 〔le sɛl d(ə) bɛ̃〕
浴鹽／ bath salt

la crème pour les mains
〔la krɛm pu:r le mɛ̃〕
護手霜／ hand cream

la mousse à cheveux
〔la musa ʃ(ə)vø〕
整髮慕斯／ styling mousse

le fond de teint en poudre
〔lə fɔ̃ d(ə) tɛ̃ a pudr〕粉狀粉底
powder foundation

le fond de teint
〔lə fɔ̃ d(ə) tɛ̃〕
粉底液／ liquid foundation, makeup base

le rouge à lèvres
〔lə ru:ʒa lɛ:vr〕
口紅／ lipstick, rouge

le fard à paupières
〔lə fa:r a popje:r〕
眼影／ eyeshadow

la crème solaire
〔la krɛm (ãti)sɔlɛ:r〕
防曬乳／ sunblock

le vernis 〔lə vɛrni〕
指甲油／ nail polish

la crème à lèvres
〔la krɛma lɛ:vr〕
唇膏／ ChapStick

le fard à joues
〔lə fa:r a ʒu〕
腮紅／ blush

l'auto bronzant 〔lɔtə brɔzã〕
助曬乳／ bronzer, self-tanner

le dissolvant 〔lə disɔlvã〕
去光水／ nail polish remover

l'eye-liner 〔ajlajnœr〕
眼線筆／ eyeliner

le mascara
〔lə maskara〕
睫毛膏／ mascara

le crayon à sourcils
〔lə krɛjɔ̃ a sursil〕
眉筆／ eyebrow pencil

le parfum 〔lə parfɛ̃〕
香水／ perfume, fragrance

l'eau de toilette 〔lo d(ə) twalɛt〕
淡香水／ perfume, eau de toilette

125

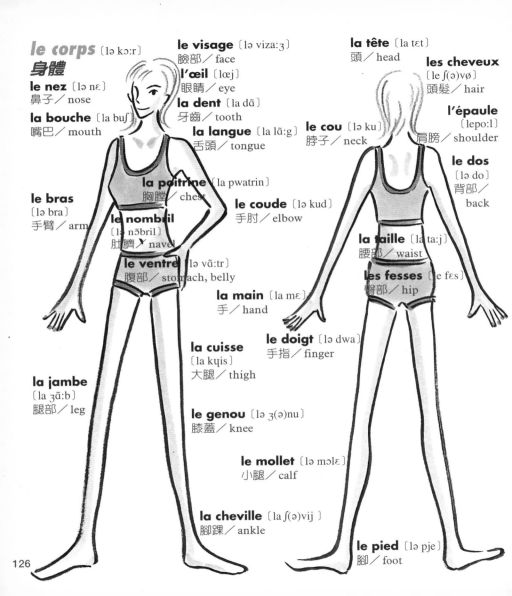

le corps 〔lə kɔ:r〕
身體

le nez 〔lə nɛ〕
鼻子／nose

la bouche 〔la buʃ〕
嘴巴／mouth

le bras 〔lə bra〕
手臂／arm

le nombril 〔lə nɔ̃bril〕
肚臍／navel

le ventre 〔lə vã:tr〕
腹部／stomach, belly

la jambe 〔la ʒã:b〕
腿部／leg

le visage 〔lə viza:ʒ〕
臉部／face

l'œil 〔lœj〕
眼睛／eye

la dent 〔la dã〕
牙齒／tooth

la langue 〔la lã:g〕
舌頭／tongue

la poitrine 〔la pwatrin〕
胸膛／chest

le coude 〔lə kud〕
手肘／elbow

la main 〔la mɛ〕
手／hand

la cuisse 〔la kɥis〕
大腿／thigh

le genou 〔lə ʒ(ə)nu〕
膝蓋／knee

la cheville 〔la ʃ(ə)vij〕
腳踝／ankle

le cou 〔lə ku〕
脖子／neck

le doigt 〔lə dwa〕
手指／finger

le mollet 〔lə mɔlɛ〕
小腿／calf

la tête 〔la tɛt〕
頭／head

les cheveux
〔le ʃ(ə)vø〕
頭髮／hair

l'épaule
〔lepo:l〕
肩膀／shoulder

le dos
〔lə do〕
背部／
back

la taille 〔la ta:j〕
腰部／waist

les fesses 〔le fɛs〕
臀部／hip

le pied 〔lə pje〕
腳／foot

126

■ 我想買藥。
Je voudrais des médicaments.

■ 生理期
Les règles

■ 我想買止生理痛的藥。
Je voudrais un médicament contre les troubles des règles.

■ 我想買衛生棉。
Je voudrais des serviettes hygiéniques.

■ 你們的衛生棉就只有這種嗎？
Est-ce tout ce que vous avez comme serviettes?

■ 我大概扭傷了腳踝。
Je me suis peut-être fait une entorse à la cheville.

■ 我想買一盒阿斯匹靈。
Je voudrais une boîte d'aspirines.

■ 我昨天吃太多了，感覺很不舒服，有胃灼熱的現象。
J'ai trop mangé hier, et je me sens mal. J'ai mal au cœur.

la matinée 〔la matine〕
上午／morning

l'après-midi
〔laprɛmidi〕
下午／afternoon

🔊 **33**

le déjeuner
〔lə deʒœne〕
午餐／lunch

6:00
Bonjour 〔bɔ̃ʒuːr〕
早安／Good morning

six heures 〔sizœːr〕
早上六點／ six am

le petit-déjeuner
〔lə p(ə)tideʒœne〕
早餐／breakfast

7:00

sept heures 〔sɛtœːr〕
早上七點／ seven am

8:00

huit heures 〔ɥitœːr〕
早上八點／ eight am

出門囉！
超級市場 9:00
開始營業！

9:00

neuf heures 〔nœvœːr〕
早上九點／ nine am

百貨公司 9:30～
10:30 開始營業

10:00

著名的服飾店
10:00～11:
00 開始營業

dix heures 〔dizœːr〕
早上十點／ ten am

11:00

onze heures 〔ɔ̃zœːr〕
早上十一點／ eleven am

12:00
midi〔midi〕
中午十二點／ twelve pm

13:00
treize heures 〔trɛzœːr〕
下午一點／ one pm

有些店有些雜貨
店、服飾店會有
午休時間。

14:00
quatorze heures 〔katɔrzœːr〕
下午兩點／ two pm

● 我要預約一
張兩人座位，
時間是今天晚
上（明天）八
點。

**Je voudrais
réserver
une table
pour deux
personnes
pour ce soir
(demain)à
huit heures.**

15:00
quinze heures 〔kɛ̃zœːr〕
下午三點／ three pm

16:00
seize heures 〔sɛzœːr〕
下午四點／ four pm

快到下班時間了。到咖啡廳
坐坐順便觀察當地的人們。

17:00
dix-sept heures 〔disɛtœːr〕
下午五點／ five pm

la nuit 〔la nɥi〕
夜晚／night

le soir 〔lə swa:r〕
傍晚，晚上／evening

18:00

Bonsoir 〔bɔ̃swa:r〕
晚安／Good evening

dix-huit heures 〔dizɥitœ:r〕
晚上六點／
six pm

19:00

晚餐前在咖啡廳小憩一下。
順便喝點餐前酒。

dix-neuf heures 〔diznœfœ:r〕
晚上七點／
seven pm

le dîner 〔lə dine〕
晚餐／dinner

20:00

vingt heures 〔vɛ̃tœ:r〕
晚上八點／
eight pm

Au revoir 〔o r(ə)vwa:r〕
再見／Goodbye.

21:00

vingt et une heures 〔vɛ̃teynœ:r〕
晚上九點／
nine pm

22:00

超級市場快打烊了，別
忘了買些飲料存起來。

vingt-deux heures 〔vɛ̃dœzœ:r〕
晚上十點／
ten pm

23:00

vingt-trois heures
〔vɛ̃trwazœ:r〕
晚上十一點／
eleven pm

● 麻煩您早上七點叫我起床。
**Réveillez-moi à 7
heures, s'il vous plaît.**

● 現在三點半。
Il est trois heures et demie.

minuit 〔minɥi〕
午夜／midnight

Bonne nuit
〔bɔn nɥi〕
晚安（睡覺時）
／Good night.

24:00

minuit 〔minɥi〕
午夜十二點／
twelve am

■ **la journée**
〔la ʒurne〕
白晝，一日／
daytime

1:00

une heure 〔ynœ:r〕
（凌晨）一點／
one am

■○ **minute(s)**
〔minyt〕
○分鐘／
minute(s)

2:00

deux heures 〔dœzœ:r〕
（凌晨）兩點／
two am

3:00

trois heures 〔trwazœ:r〕
（凌晨）三點／
three am

■○ **heure(s)**
〔œ:r〕○小時／
hour(s)

4:00

quatre heures 〔katrœ:r〕
（凌晨）四點／
four am

■ **décalage
horaire**
〔dekalaʒɔrɛ:r〕
時差／jet lag

5:00

cinq heures 〔sɛ̃kœ:r〕
（凌晨）五點／five am

129

◀)) 34 *le calendrier* 〔lə kalɑ̃drie〕

月曆

■ **L'année** 〔lane〕　■ **La semaine** 〔la s(ə)mɛn〕　■ **Le jour** 〔lə ʒuːr〕
年／year　　　　　　星期／week　　　　　　　　（一）日／day

- **Lundi** 〔lœdi〕 星期一／Monday
- **Mardi** 〔mardi〕 星期二／Tuesday
- **Mercredi** 〔mɛrkrədi〕 星期三／Wednesday
- **Jeudi** 〔ʒødi〕 星期四／Thursday
- **Vendredi** 〔vɑ̃drədi〕 星期五／Friday
- **Samedi** 〔samdi〕 星期六／Saturday
- **Dimanche** 〔dimɑ̃ʃ〕 星期日／Sunday

Sun	Mon	Tue	Wed	Thu	Fri	Sat

Jour de l'An 〔ʒuːr d(ə) lɑ̃〕 元旦／New Year

Janvier 〔ʒɑ̃vje〕 一月／January

1 2 3 4 5 6 7 8 9 10 11 12 13 14 15 16 17 18 19 20 21 22 23 24 25 26 27 28 29 30 31

Bonne Année 〔bɔnane〕 新年快樂／Happy New Year

2月 Février 〔fevrije〕 二月／February

3月 Mars 〔mars〕 三月／March

4月 Avril 〔avril〕 四月／April

5月 Mai 〔mɛ〕 五月／May
■新綠季節，最適合旅遊！

6月 Juin 〔ʒɥɛ̃〕 六月／June
■該進行旅遊的規劃了！

7月 Juillet 〔ʒɥijɛ〕 七月／July
法國國慶(7/14)

8月 Août 〔ut〕 八月／August
■快樂的暑假！

9月 Septembre 〔sɛptɑ̃:br〕 九月／September

10月 Octobre 〔ɔktɔbr〕 十月／October
■浪漫的秋季旅遊～

11月 Novembre 〔nɔvɑ̃:br〕 十一月／November

12月 Décembre 〔desɑ̃:br〕 十二月／December
■冬季到歐洲旅遊記得做好防寒措施。
聖誕快樂！

130

les quatre saisons 〔le katr sɛzɔ̃〕
四季

automne 〔ɔtɔn〕
秋季／fall, autumn

● 請問有那座公園可以欣賞到秋天的楓紅呢？
Est-ce qu'il y a un beau jardin avec des feuilles rougies par l'automne?

printemps 〔prɛ̃tɑ̃〕
春季／spring

● 春天的風真令人舒暢。
C'est agréable, le vent de printemps.

● 哪一個季節最棒呢？
Quelle est la meilleure saison?

hiver 〔ivɛ:r〕
冬季／winter

été 〔ete〕
夏季／summer

● 我好冷。
J'ai froid.

● 今天天氣好熱。這附近有游泳池（海灘）嗎？
Il fait chaud aujourd'hui. Est-ce qu'il y a une piscine (une plage) près d'ici?

● 這附近有咖啡廳嗎？
Est-ce qu'il y a un café près d'ici?

131

le temps & leschiffres
〔lə tɑ̃ e le ʃifr〕
天氣 & 數字

beau temps 〔bo tɑ̃〕
好天氣／nice weather

● 今天的天氣晴朗舒適。
Aujourd'hui, le temps est beau et agréable.

l'arc-en-ciel 〔larkɑ̃sjɛl〕
彩虹／rainbow

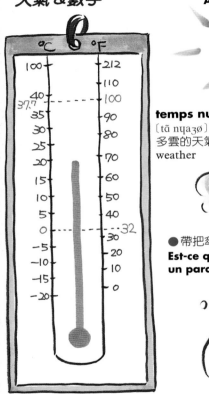

temps nuageux
〔tɑ̃ nɥaʒø〕
多雲的天氣／cloudy weather

● 這一整天都會是多雲的天氣嗎？
Est-ce que c'est nuageux toute la journée?

la pluie 〔la plɥi〕
雨／rain

● 帶把傘會比較好吧？
Est-ce qu'il vaut mieux emporter un parapluie?

● 會刮大風。
Il y a un vent violent.

la température 〔la tɑ̃peraty:r〕
氣溫／temperature

la neige 〔la nɛ:ʒ〕
雪／snow

● 這場暴風會挾帶雪花嗎？
Est-ce que la neige va tomber pendant la tempête?

zéro 〔zero〕
zero

un 〔œ̃〕
one

deux 〔dø〕
two

trois 〔trwa〕
three

quatre 〔katr〕
four

cinq 〔sɛ̃k〕
five

six 〔sis〕
six

sept 〔sɛt〕
seven

huit 〔ɥit〕
eight

neuf 〔nœf〕
nine

dix 〔dis〕
ten

onze 〔ɔ̃:z〕
eleven

douze 〔du:z〕
twelve

treize 〔trɛ:z〕
thirteen

quatorze
〔katɔrz〕
fourteen

quinze 〔kɛ̃:z〕
fifteen

seize 〔sɛ:z〕
sixteen

dix-sept
〔disɛt〕 seventeen

dix-huit
〔dizɥit〕 eighteen

dix-neuf
〔diznœf〕 nineteen

vingt 〔vɛ̃(t)〕
twenty

trente 〔trã:t〕
thirty

quarante
〔karã:t〕 forty

cinquante
〔sɛ̃kã:t〕 fifty

soixante
〔swasã:t〕
sixty

soixante-dix
〔swasãtdis〕
seventy

quatre-vingts
〔katrvɛ̃〕
eighty

quatre-vingt-dix
〔katrvɛdiɛ̃〕
ninety

cent 〔sã〕
one hundred

cent cinquante
〔sã sɛ̃kã:t〕
one hundred and fifty

sept cents 〔sɛt sã〕
seven hundred

mille 〔mil〕
one thousand

deux mille un
〔dø milœ̃〕
two thousand
(and) one

trois mille cinq cents
〔trwa mil sɛ̃k sã〕
three thousand
and five hundred

cinq mille sept cents
〔sɛ̃k mil sɛt sã〕
five thousand and
seven hundred

trente et un
〔trãte œ̃〕
thirty-one

trente-trois
〔trã:ttrwa〕
thirty-three

cinquante-deux
〔sɛ̃kãtdø〕
fifty-two

cinquante-neuf
〔sɛ̃kãtnœf〕
fifty-nine

soixante-quinze
〔swasãtkɛ̃:z〕
seventy-five

soixante-dix-sept
〔swasãtdisɛt〕
seventy-seven

●**17**開始為10+7.10+8.10+9。 ●**70**＝60＋10 ●**80**＝4×20 ●**90**＝4×20＋10

■天氣＆數字

133

🔊 36 *de l'argent* 〔d(ə) larʒɑ̃〕
貨幣

2002年開始法國的貨幣轉換為EURO（歐元）。

發行的紙幣有7種，銅板則有8種。

500、200、100的歐元紙鈔。

EURO 〔øro〕
歐元

CENTIME(S)
〔sɑ̃tim〕
生丁

50、20、10、5的歐元紙鈔。

Une (deux) place(s), s'il vous plaît.
請給我一張票（兩張票）。（芭蕾、音樂會、電影…等。）

● 有專門介紹城裡所有表演的雜誌嗎？
Y a-t-il un magazine des spectacles dans cette ville?

● 可以馬上拿到票嗎？
Peut-on obtenir un billet tout de suite?

你是不是也很嚮往盛裝打扮出席一場歌劇呢？不過，票要怎麼買？對於旅行者的確是一件傷腦筋的事，如果您要觀賞的劇是可以先從國內預購票的話，建議您還是先在國內訂購較好。若是要在當地買票，則必須先購買相關資訊的雜誌，決定了之後再到劇場窗口購票，可多利用 play guide。

Où est le bureau de poste?
〔u ɛ lə byro d(ə) pɔst 〕
郵局在哪裡？

la poste 〔la pɔst〕
郵局／post office

Autre départements, Étranger
外埠，國外

Autres départements, Etranger **le timbre** 〔lə tɛ̃:br〕
郵票／stamp

la carte postale 〔la kart pɔstal〕
明信片／postcard

■封口書信 20g 以內→0.90 歐元
　20g～40g→ 1.80 歐元
　40g～60g→ 2.40 歐元
■明信片 0.90 歐元

● 郵局的營業時間為週一至週五
8:00～19:00、週六 8:00～12:00。郵政
總局為 24 小時營業。

在郵局買郵票時，可以拿著明信片或
封口的信件給對方看，一邊問：

le colis 〔lə kɔli〕
包裹／package

● 請給我寄這張明信片所需的郵票。
**Donnez-moi des timbres pour cette carte,
s'il vous plaît.**

● 我想寄這個包裹到台灣去。
**Je voudrais expédier ce
paquet à Taiwan.**

比較急的文件，可以用 UPS、FADEX
等快遞遞送件會比較方便。

● 您可以用最便宜的郵寄方式（船運）
將它寄出嗎？
**Pouvez-vous envoyer ceci par un
moyen économique (par bateau)?**

🔊 37 *le service photo*

〔lə sɛrvis fɔto〕**相片沖洗**

le positif 〔lə pozitif〕
正片／positive

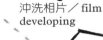

le tirage 〔lə tira:ʒ〕
沖洗相片／film
developing

● 我用數位相機拍了一些照片,您可以幫我沖洗出來嗎?

J'ai pris des photos avec un appareil photo numérique. Pourriez-vous les développer?

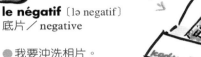

le négatif 〔lə negatif〕
底片／negative

● 我要沖洗相片。
Un développement photo, s'il vous plaît.

● 我用數位相機拍了一些照片,您可以幫我燒錄成光碟片嗎?
J'ai pris des photos avec un appareil photo numérique. Pourriez-vous les graver sur CD-Rom?

la pile
〔la pil〕
電池／
battery

la pile lithium
〔la pil litjɔm〕
鋰電池／lithium
battery

Est-ce qu'il y a des WC publics près d'ici?
請問這附近有公共廁所嗎?

在綠色的地方投入顯示的金額。

● 廁所的標示為
「**toilettes**」「**WC**」或
「男女圖形」

上／OCCUDE 表示有人在使用
下／HORS SERVICE 表示廁所故障

在國外找廁所是件麻煩事。在巴黎的人行道上,常可見到公共付費廁所。使用過後,廁所會用全自動清洗設備將內部清洗乾淨。雖然許多人都會懷疑公廁是否乾淨,不過對於自然的生理需求,建議大家還是不要忍耐為妙,多多利用公廁的便利性。投幣後門會自動打開,最長可使用15分鐘。

※巴黎的百貨公司當中,最乾淨漂亮的公共廁所在「Bon Marché」。內部還有化妝台等設備。

136

Notebook

■如何打電話
法國的電話號碼全國一律為10碼。
從公共電話打市內電話的基本費用為0.15歐元＝1點。1點在白天的通話時間約為4分鐘、
深夜約為8分鐘。公共電話大部分為插卡式，電話卡可以在郵局或煙草零售店買到。電話卡分120
點（14.74歐元）、50點（7.41歐元）。插入電話卡之後會顯示剩餘點數。此外，咖啡廳的電話以投
幣式為多，使用方式與國內大約相同。
■國際電話
從市內的公共電話可直接撥打國際電話。
■從法國打回台灣
先撥00，待聲音出現後再撥886（台灣的國碼）及對方的電話號碼（區域號碼必須將0去掉）。

Au secours! 〔o s(ə)ku:r〕
救命啊！

l'ambulance
〔lãbylã:s〕
救護車／ambulance

■我可能食物中毒了。

Je suis peut-être intoxiqué(e) par des aliments.

■我昨天吃太多，感覺不太舒服，有胃灼熱的現象。

J'ai trop mangé hier, et je me sens mal. J'ai mal au cœur.

le camion de pompiers
〔lə kamjɔ̃ d(ə) pɔ̃pje〕
消防車／fire engine

la caserne des sapeurs-pompiers
〔la kazɛrn de sapœ:rpɔ̃pje〕消防站／fire station

■法國緊急電話號碼：●急救 TEL15 ●警察 TEL17 ●火警 TEL18

le médecin
〔lə med(ə)sɛ̃〕
醫生／doctor

■您可以叫輛救護車來嗎？

Pouvez-vous appeler une ambulance, s'il vous plaît?

■我要到醫院去。您知道哪家醫院有人會說中文的嗎？

Je voudrais aller à l'hôpital. Est-ce que vous en connaissez un où il y a quelqu'un qui parle mandarin?

Arrêtez! 〔arɛte〕
請住手！

la voiture de police
〔la vwaty:r d(ə) pɔlis〕
警車／police car

l'agent de police 〔laʒã d(ə) pɔlis〕
警員／policeman

■請叫警察來。

Appelez la police,s'il vous plaît.

■有人偷了我的袋子。

On m'a volé mon sac.

●生病

■我的胃很痛，還有我的背好像也會疼。
J'ai très mal à l'estomac. Et j'ai l'impression d'avoir aussi mal au dos.

■有可能是我昨天吃的生蠔的關係。
Ça peut être à cause des huîtres que j'ai mangées hier.

■我鼻塞，頭又感覺很沉重。
J'ai le nez bouché et je me sens la tête lourde.

■我扁桃腺腫起來了，喉嚨也痛。
J'ai les amygdales enflées et mal à la gorge.

■我的頭疼劇烈。
J'ai un mal de tête terrible.

■我想買藥。
Je voudrais des médicaments.

■感冒
Le rhume, la grippe

■生理痛
Les troubles des règles

●飯店&應急短句

■我以○○的名字訂了間房。
J'ai réservé une chambre au nom de OO.

■可以給我一條毯子嗎？因為我會冷。
Est-ce que je peux avoir une couverture? Parce que j'ai froid.

■我把鑰匙留在房間裡了。您可以替我開門嗎？
J'ai laissé la clef dans ma chambre. Pouvez-vous ouvrir la porte?

■這家人氣傢飾店在哪裡？
Où se trouve le magasin de décoration branché?

■您可以把店名跟地址寫下來給我嗎？
Pouvez-vous m'écrire le nom et l'adresse?

■抱歉？（沒聽清楚對方說的話時的反應）
Pardon?

■我不明白。
Je ne comprends pas.

■我聽不清楚。
J'entends mal.

■請您再重覆一次好嗎？
Pouvez-vous répéter, s'il vous plaît?

※方便而實用的法文

■ 能不能幫我做～？ 對別人有所請求時／ *Pouvez-vous ~*

● 例：*Pouvez-vous venir vérifier*？（能不能來看一下？）

■ 請給我～（我要～）。想要東西、或是點餐時用／ *Je voudrais* ～用這樣的開頭是較有禮貌的說法。

● 例：*Je voudrais un shampooing.*／*Je voudrais un café.*（我要洗頭／咖啡。）

■ 對不起（向人詢問事情時）麻煩您（點餐或咖啡時、買東西時、請人幫忙時）
S'il vous plaît.

● 例：*Un café, S'il vous plaît.*（請給我咖啡。）

■ 抱歉！（不小心碰到別人肩膀時）什麼？（重複詢問時）
Pardon.

■ 救我！ *Au secours!*

■ 有小偷！ *Au voleur!*

■ 您在做什麼？ *Qu'est-ce que vous faites?*

Illustration Tabi Kaiwa (France-go)

Copyright © UP-ON Factory,KIMI,ASAMI.C 2004
Illustrations by KIMI,Translation by ASAMI.C All rights
reserved.Originally published in Japan by UP-ON Co.,
Tokyo.Chinese(in complex character only) translation
rights arranged with UP-ON Co. through Shufunotomo
Co., Ltd. and TOHAN CORPORATION,Tokyo.

彩繪法語／杉山貴美・ASAMI.C 著；
張喬玫・陳琇琳譯． - - 初版． - -
台北市：笛藤，2006 [民95]
面：公分
ISBN 957-710-452-5（平裝附光碟片）
1.法國語言-會話
804.588　　　　　　　　94025437

著作者名：杉山 貴美／ASAMI.C　原著書名：イラスト旅会話　フランス語

彩繪法語 （附MP3）　定價220元
2009年1月21日初版第8刷
譯者：張喬玫・陳琇琳
法文審校：Delphine Thirouard
發行所：笛藤出版圖書有限公司
發行人：鍾東明
編輯：賴巧凌・羅金純・伍曉玥
封面設計：川瀨創意工作室
地址：台北市民生東路二段147巷5弄13號
電話：(02)2503-7628・2505-7457

傳真：(02)2502-2090
郵撥帳戶：笛藤出版圖書有限公司
郵撥帳號：0576089-8
總經銷：聯合發行股份有限公司 電話：(02)2917-8022
地址：台北縣新店市寶橋路235巷6弄6號2樓
製版廠：造極彩色印刷製版股份有限公司
電話：(02)2240-0333
地址：台北縣中和市中山路2段340巷36號
● 本書經合法授權，請勿翻印 ●
（本書裝訂如有漏印、缺頁、破損，請寄回更換。）